作家的

黄景忠 著

精神立场和创作姿态

ZUOJIA DE
JINGSHEN LICHANG
HE CHUANGZUO ZITAI

暨南大学出版社
JINAN UNIVERSITY PRESS

中国·广州

图书在版编目（CIP）数据

作家的精神立场和创作姿态/黄景忠著. —广州：暨南大学出版社，2014.12
ISBN 978 - 7 - 5668 - 1294 - 0

Ⅰ.①作…　Ⅱ.①黄…　Ⅲ.①中国文学—现代文学—文学评论—文集　②中国文学—当代文学—文学评论—文集　Ⅳ.①I206.6 - 53

中国版本图书馆 CIP 数据核字（2014）第 286408 号

出版发行：暨南大学出版社

地　　址：中国广州暨南大学
电　　话：总编室（8620）85221601
　　　　　营销部（8620）85225284　85228291　85228292（邮购）
传　　真：（8620）85221583（办公室）　　85223774（营销部）
邮　　编：510630
网　　址：http：//www. jnupress. com　http：//press. jnu. edu. cn

排　　版：广州市天河星辰文化发展部照排中心
印　　刷：佛山市浩文彩色印刷有限公司

开　　本：787mm×960mm　1/16
印　　张：9.75
字　　数：175 千
版　　次：2015 年 1 月第 1 版
印　　次：2015 年 1 月第 1 次

定　　价：28.00 元

（暨大版图书如有印装质量问题，请与出版社总编室联系调换）

目 录

诗歌论
Poetry

何谓诗人

何谓诗人，常人与诗人有何区别？在我看来，诗人不同于常人的地方就在于：常人安于日常的生活。而诗人呢？他们既过着日常的生活，又总想从日常生活中挣脱出来，把目光投向为生存而忙碌的功利化的生活空间之外。诗人的特质在于他的超越性，或如海德格尔所说的，诗人，不，期望着诗意栖居的人，应超越有限而仰望神圣，"此'仰望'穿越'向上'而直抵天穹，然则同时仍滞留在'下面'，在大地上。'仰望'跨越了天穹与大地'之间'。这'之间'是赠给人之栖居的"。（《人，诗意地栖居》）也就是说，常人总是羁留在大地上，而诗人，必得越出世俗的生存方式，向"神性"站出自身：

> 一切都在安睡，你需要赶在太阳前面
> 进入森林，找一处干净的入口
> 把你的失望、哀伤、残忍、傲慢以及怯懦
> 统统关起来，永远锁上
> 像快乐的植物那样
> 从土地上慢慢抵近天空
>
> ——泽平《我们的时光》

不要因为这里用了"神圣"、"神性"的表达，便把诗人的超越看作是宗教的超越，虽然都是超越有限，追求无限，但宗教的超越追求的是人与神的合一，而诗人的超越则是追求人与世界的合一。人本来就是扎根于世界万事万物之中，与万事万物融为一体的，这合一的整体便是人类的家园。但是，自从发展了自我意识，发展了工具理性，人就把他人及他物当成对象加以认识、占有和利用，这种功利化的生存方式让人只盯住眼前在场的东西，而忽略了隐蔽在它背后不在场

的、无穷无尽的东西结合而成的无限的整体，即存在被遮蔽了。一方面，人的欲望固然得到极大的满足；另一方面，人与人、人与自然被割裂开来，人失去了万物一体的庇护，失去了家园。这个时候，就需要诗人站出来，以超越功利化的生存方式，以诗性的光芒敞亮存在，让在场与不在场，有限的人与无限的宇宙万物融合为一。中国古代的诗歌，常常表现的就是人与自然的和谐，我们从中往往能体味到人与世界合一所引发的生命的感动。而现代诗，表现的就是人与人、人与自然疏离的迷惘和焦虑，以及重返家园的思慕。

这个世界需要诗人的吟唱，大学尤其如此。大学不仅要培养人在生活中生存及竞争的能力，同时要赋予人卓越的精神气质，这就需要艺术尤其是诗歌的滋养。幸运的是，我生活着、工作着的韩山师范学院，就有着诗歌创作的传统。昔年饶宗颐、詹安泰等大家的旧体诗词创作自不必说，20世纪90年代之后群星闪烁的校园诗人的诗创作，即使是放在整个中国校园文学当中也散发着夺目的光辉。也正是有感于此，当年编定《韩师诗歌十五年》之后，我一直在构想为创作上已自成一体的韩园诗人们编辑一套诗歌丛书。现在，终于欣喜地看着十本诗集及诗评论集摆在眼前。这十位诗人，除了礼孩，都是从韩园中走出来的，他们或者在学期间就已进入诗创作的黄金期，或者是在毕业后诗歌创作或诗歌研究才日臻成熟。他们的创作，自然是各具个性的，只是由于我缺乏诗的天赋，又对诗歌缺乏研究，很难对他们的创作作任何分析和评价。但是，我能够肯定的是，他们都是具有诗性之人，都是能向"神性"站出自身，能以诗性光辉敞亮存在的人，就如黄昏在《停电》中所吟唱的——

我尽力为眼前这些事物

打开连接外部世界的通道

我相信每一件物体的内心

都蓄满了光辉

他们每时每刻

都在等待与时光的交合……

（本文系《韩山诗歌文丛》第一辑总序，写作于2009年）

诗歌创作的几种姿态

何为诗人？诗人是那一个在暗夜中寻求光亮，在孤独中寻求家园，在有限中寻求无限的人。诗人和科学家不同，科学家执着寻求世界的真理和规律，目的是建设躯体宜居之所；诗人执意寻求存在的意义，目的是构建灵性栖居之地。这个世界有许多人以诗人自居，而真正的诗人，必定是那一类聆听和探求存在之本真、存在之意义的人。只是，不同的诗人，他们进入"诗"的方式，他们面对世界的姿态是各不相同的。

有一类诗人，他们的写作姿态是仰望。在这些诗人看来，人性包含着物性和神性两端，当人羁留大地的时候，物性很容易占据人，使人在劳碌和奔波中沉沦。这个时候，人就需要从俗世中超拔出来，在仰望中以神性度量自身，以诗性敞亮晦暗之大地。诗人的写作，就是在俗世中超越出来，以神性的光芒朗照存在。在韩园的诗人中，我以为杜伟民的写作选择的就是"仰望"的姿态。在他的笔下，"大地"已然沦陷，诗人必得在俗世中站立出来：

我往更高的地方张望
更高的光芒无止境地倾泻下来
倾泻在这日渐荒芜的国土

——《自从你的白发一泻千里》

超越性是人的本质属性，超越有限、追寻无限是人性本然的冲动，而只有在仰望中，只有在人与神的对话中，有限才能融入无限，人心才能与天地万物合一。在某种意义上，诗意，就是人与周围合一所生发的生命的感动。

另一类诗人，他们的写作姿态是倾听。在这些诗人看来，"大地"并没有沦入暗夜，诗意就隐藏在现实中。只不过，太多的人，习惯用眼睛（感官）去寻找，而真正的诗人，应该是这个世界谦卑的倾听者。当人专注于"看"的时候，他只能抓住"有"而会忽略"无"，他只能抓住"在场"者，而会忽略"不在场"者，而诗意，往往就是隐藏在"有"背后的"无"，隐藏在"在场"背后不可穷尽的"不在场"，或者按照王国维的说法，诗意，往往是"言外之味，弦外之响"。所以，"看"是捕捉不到诗意和神性的，诗人应该学会倾听，倾听自己的内心，倾听天地的神秘之音。在韩园的诗人中，我以为周运华就是一个谦卑的倾听者，我们可以读一读他的《一些让我们内心感动的事物》：

> 内心
> 从开始或结束
> 或从结束到开始
> 都在寻找一种诗意的人和事
> 这样的事物其实
> 在我们身边有很多
> 就是引不起我们的注意
> 岁月流逝
> 一些内心的事物
> 总是被我们遗忘
> 一朵小花在冬天开放
> 一只小鸟在清晨鸣叫
> 一张旧照片无意中被发现
> 一个人突然被想起
> 这足以令我们感动

这首诗，在周运华的诗作中大概不算写得好的，但能显现他的写作姿态，或者也可以说他是用诗来演绎他的诗歌观念。为什么令人感动的事物"引不起我们的注意"？因为我们只是用眼睛看，而欲望的眼睛对诗性事物往往是视而不见的。当我们用心去谛听，遗忘了的小花就会在我们内心绽放。

所以德里达说，诗人是"聆听无底深渊的声音的人"。

还有一类诗人，他们的写作姿态是敞开的，敞开心胸拥抱生活。王国维在《人间词话》里说："词人者，不失其赤子之心者也。""赤子之心"乃诗人与平常人不同之处。平常人之心是被日常的功利和欲望控制着的。这日常性的态度，阻隔了人与事物本源上的相通和联系，遮蔽了事物的本然和诗意。在这日常性的眼光下面，事物是那样的熟悉，熟悉到了已经麻木的程度，丝毫看不到其中的美丽和奇异之处。所以，诗意涌现的前提是，人从功利和欲念的束缚中解放出来，以赤子之心、以敞开的状态去拥抱生活。当人心自由地敞开的时候，事物之本然才会展露在我们面前。这个时候，原来已经熟视无睹的事物，就会在我们面前呈现出陌生的一面，呈现出让我们惊讶的新奇和美丽，诗意已然涌现了！

因此，我常常想，诗歌创作当然是需要技巧的，但诗歌生成的更为根本的因素，是一个诗人是否拥有一颗不会苍老的"赤子之心"。这一辑文丛，有程增寿的《逆光》，其中收入了他几年前创作的《完美的歌谣——致F》：

难以见你
但我依然可以感到幸福
那梦一般的纯粹
那画一般的古典
那水一般的温柔
那云一般的清馨
窗外的木棉花开得很旺盛
仿佛在预期我的宿命的无限地演绎
在广阔的树荫下是一片广阔的沙石地
我想象自己在那上面自由地嬉戏
我想象我们在那上面深情地歌唱
我想象着我们的游戏在花的顶端蔓延
我想象着自己的歌声在树的四周生长
从春天开始回忆
直到进入冬天的腹地
用我们的心底最热的血灌溉思念
让它灿烂成明年春天的树
开满今年的鲜花
让花儿散落满地
陪伴着那些无邪的孩子们度过最纯真的季节

等待着那些不幸的流浪者重拾最温馨的往事

想象着那些眷恋的有情人携带最朴素的芳香

　　如果我对韩园的诗歌有一点不满意，那就是都写得太沧桑，包括增寿的诗。但这一首不同，这是一首完美得令人叹息的歌谣，是一首山楂树般纯洁、浪漫的恋歌。我想增寿重新阅读这首诗也会感慨的，因为他说他不再也不敢写诗了，"根本的原因在于我渐渐意识到自己已经无法通过诗歌这种文体以最佳的姿势表达我的所思了"。而我想，"根本的原因"是不是增寿的"赤子之心"已渐渐苍老了呢？如果是，一点也不奇怪，就如现在的我比十年前的我也苍老了。

　　所以，像泰戈尔那样的诗人是永远值得我们尊敬的，他所吟唱的如不老的童话，岁月似乎没有在他的诗歌留下多少痕迹。但是，一般的，诗歌属于青春、理想、激情，属于校园。

　　　　　　（本文系《韩山诗歌文丛》第二辑总序，完稿于 2010 年）

论艾青新时期的诗歌创作

在现当代文学史上，一位作家在自己的创作生涯中能出现不止一个的创作高峰期，是不多见的。而艾青，他以新时期斐然的创作实绩为我们提供了一个范例。在 1957 年的"反右"中，艾青蒙受冤屈，在诗坛消失了二十一年。1978年，他重返文坛，重新焕发出夺目的诗的青春，写下了一首首优秀的诗篇。如果说三四十年代是诗人创作的第一个高峰期，那么他归来后便进入了诗歌创作的第二个高峰期。他新时期以来的诗作，结集出版的有《归来的歌》、《彩色的诗》和《雪莲》。其中一些作品，如《鱼化石》、《光的赞歌》、《古罗马的大斗技场》、《盆景》、《山核桃》等，不仅是诗人创作历程中新的里程碑，而且是代表新时期诗歌创作水平的作品。二十几年的坎坷命运遭际，深入的思考，使他对社会、对人生、对历史的发展规律，有了更深刻的理解和把握，也使他的诗歌艺术达到一个新的更为成熟的高度：思想更深邃，境界更开阔，技巧更圆熟。

在《诗论》中，艾青说过："存在于诗里的美，是通过诗人的情感所表达出来的，人类向上精神的一种闪烁。这种闪烁有如飞溅在黑暗里的一些火花，也有如用凿与斧打击在岩石上所迸射的火花。"这段话对我们理解艾青诗作的思想内涵是很有启发的。有人说艾青的诗是忧郁的。的确，多舛的命运遭际，压抑的生存环境以及国家民族的多灾多难，使艾青的诗，尤其是早年的诗，总郁积着民族的忧患感和生命的悲凉感。即或在新时期，在艾青恢复了应有的尊严，可以纵情歌唱之后，我们仍然能在他的诗中感受到那一份淡淡的忧郁。但是，艾青的诗并没使人产生阴暗绝望的情绪。即使是三四十年代那些沉郁的诗篇，我们也能感受到"飞溅在黑暗里的一些火花"。可以说，抨击愚昧专制，讴歌科学与民主、智慧与理想，礼赞人类追求光明的向上精神，是贯穿艾青整个创作历程的一大主题和意向。从抗战前夕的《春》、《煤的对话》到抗战时期的《向太阳》、《吹号者》、《火把》、《烧荒》等，都触及这一共同的主题。在新时期的创作中，也有不少这一类的诗篇。其中《在浪尖上》、《光的赞歌》、《古罗马的大斗技场》、

《清明时节雨纷纷》是比较优秀的诗作。

《在浪尖上》是诗人刚返回文坛时献给"四五"运动中英雄人物的热情颂歌。它通过"天安门事件"这一现实题材的抒写，揭露了"四人帮"的法西斯专制，歌颂了觉醒的一代反封建专制、追求民主与科学的惊天地泣鬼神的英勇抗争。这首诗在那个特殊的年代曾在民众中产生广泛的影响。

《光的赞歌》是艾青新时期的一大力作。"光"是人们司空见惯的东西，诗人运用象征的表现手法，在广阔的历史时空中开掘这个题材。他先从"光"的本体义谈起，指出光是创造人类物质文明和精神文明的源泉，光是万物生命也是精神财富的恩赐者。如果没有"光"，就没有了春夏秋冬以及它们滋养的自然财富；没有"光"，人类就看不到大千世界的美，就没有了热情和想象，没有艺术文化，那样的话，"我们对世界还有什么留恋"？接着，诗人又借助象征的翅膀，赋予"光"丰富而深刻的内涵：光就是科学之光，它引导人类从愚昧转向智慧；光就是民主之光，历史上所有的暴君，都"千方百计想把它监禁/因为光能使人觉醒"，而"人间又有多少勇士/用头颅撞开地狱的铁门"。诗人俯视人类历史的长河，回顾民主与专制、科学与愚昧、光明与黑暗、生命与死亡、前进与倒退的激烈斗争史，从中揭示了人类社会发展的规律，总结出"统一中有矛盾，前进中有逆转/运动中有阻力/革命中有背叛"、"光中有暗"、"暗中也有光"的辩证思想。诗人坚信，科学终将战胜愚昧。民主终将代替专制，光明终将驱除黑暗，而我们这个古老的民族，"将接受光的邀请/去叩开千万重紧闭的大门/访问我们所有的芳邻"。应该说，《光的赞歌》是科学和民主、希望和理想、真理和光明的赞歌。饱经沧桑，却矢志不渝地向往光明、追求光明、讴歌光明，这是艾青这类诗传递给我们的信息。

艾青是富于责任感的。他的诗不仅传达了自己对社会人生的情感体验，也传达了时代的精神、人民的心声。他三四十年代的诗作，就多是站在时代的、民族的高度去理解、把握社会生活。这使他的诗，具有气势雄浑、意境开阔的艺术风格。他重返文坛之后创作的《在浪尖上》、《光的赞歌》、《古罗马的大斗技场》等，读后给人的感受是，视野更为开阔，思想更为博大深邃了。他常站在历史的、人类的高度去俯视生活，把握对象。他的《在浪尖上》不仅揭露了"四人帮"的法西斯专制，而且将笔锋转向历史深处开掘，提出发问："为什么，伟大的祖国/在推翻了三座大山之后/会出现林彪'四人帮'，/至今还留下深刻的内伤？/这些妖孽从何而来？/滋长他们的是什么土壤？"诗人尖锐地揭示出"封建的法西斯的、宗教迷信的、腐朽的"历史"障碍物"正是滋长妖孽的土壤。由于诗人能够把现实与历史联系起来，在历史进程中去把握现实，诗也就具有了丰富而深刻的思想内涵。又如

《古罗马的大斗技场》，这首诗以古罗马奴隶主威逼奴隶自相残杀为抒写对象，但诗人并没有拘泥于题材自身，而是展开想象的翅膀：从昆虫同蟋蟀的相互残斗写到人类的自相残杀，从奴隶主的压迫写到奴隶的抗争，从古罗马的斗技场写到当今霸权主义者妄图把"整个地球"当作"一个最大的斗技场"。诗人站在当代先进的思想高度，俯视几千年来人类历史上以不同的形式上演的压迫者同被压迫者的斗争，揭示了社会发展的必然规律：违背人民意志的强权统治不会长久，人民最终会捣毁罪恶的斗技场。由于能从时间和空间的高度作宏观的俯视，诗在反映生活上跨入极其开阔、极其深刻的领域，达到一种博大深沉、广阔而丰富的艺术境界。我们读《光的赞歌》、能够发现它较之早期讴歌科学、民主、光明的《太阳》、《向太阳》、《火把》等诗更为博大深邃，除了这里面凝聚着诗人更丰富复杂的经历和感受外，也因为诗人能站在历史的、人类的高度去把握和表现生活。

艾青在新时期还创作了一类托物言志、意味深长的抒情短诗，比如《鱼化石》、《山核桃》、《盆景》、《伞》、《盼望》等。如果说他的抒情长诗偏重于对社会历史的探索的话，他的短诗触及的则是人生这一艺术的母题。如果说在他的长诗中我们感受到的是诗人充沛的激情和宏阔的意境，在他的短诗中我们往往领略的是他的深沉和睿智。他的这些短诗，常是通过对某一物象的描绘寄寓某种深刻的人生哲理，一种物象皆是一种象征。比如他的《盼望》，全诗只有短短八行：

　　一个海员说，
　　他最喜欢的是起锚所激起的
　　那一阵洁白的浪花……
　　一个海员说，
　　最使他高兴的是抛锚所发出的
　　那一阵铁链的喧哗……
　　一个盼望出发
　　一个盼望到达

这是艾青参加我国远洋客轮出海归来后写的一首诗。诗人捕捉了"起锚"与"抛锚"两组在时空上相距甚远，而有内在联系的意象，把它们巧妙地组接在一起，诗于是产生了奇妙的美学效果。读者也许会从中联想到一个普通的生活哲理：事业的成功，目标的到达，要有一个良好的开端，还要经历艰苦的搏斗，才能到达胜利的彼岸；我们也可以认为，这首小诗是概括了乐观进取与消极隐退两种截然不同的人生态度；我们甚至可以理解为，诗人是表现了不同的人生阶段所抱有的不同人生态度；也许，人在年轻的时候，总是渴望着扬帆出海，在生活的海洋中搏击风浪，而当他经历了生活的种种磨难，步入垂暮之年后，可能渴望的是一个安逸、宁静的归宿。在这里，"抛锚"和"起锚"都是具有象征性的意象，但作者没有明白点出，而是把他对人生的哲理性思考熔铸在象征物中，让读者根据自己的经历，各自去悟出"言外之意"。艾青还有一些抒情短诗，是用哲理色彩的诗句警策全篇，直接点出寓言。比如他的《鱼化石》。诗人先是描绘了鱼化石的形象，它曾"在浪花里跳跃/在大海里浮沉"，因为遇到火山或地震，被埋进灰尘。虽然"栩栩如生"却"连叹息也没有"，虽然"鳞和鳍都完整/却不能动弹"。至此，"鱼化石"这一意象的暗示性已相当明显，诗人于是将笔锋一转点出了"离开了运动，就没有生命"的哲理感悟，整首诗被推向一个新的境界。艾青的这一类诗，朴实、自然、生动，似乎脱口而出，信笔写来，却又颇有深意，耐人寻味。真正地达到大巧之朴、浓后之淡的艺术境地。

早在三四十年代，艾青的诗便吸收了西方象征主义的表现手法。但他早年的诗，抒情性强，却缺乏形而上的哲理意味。重返文坛之后的创作，则善于通过客观象征来浓缩诗人丰富复杂的人生体验，并使之升华到哲理的境界。这使他的诗具有较高的智性色彩，又避免了纯说理的枯燥。把象征性的抒情同哲理性的思辨结合起来，正是艾青新时期诗作的主要特色。

艾青在总结自己的创作生涯时说，我的一生"真像穿过一条漫长、黑暗而又潮湿的隧道"。令人叹服的是，诗人历尽沧桑却依然保持着一颗纯朴、透明、真挚的赤子之心，依然保持着那种积极的思绪、进取的态度、创造的激情，而曲折的道路和艰难的历程只能使我们的诗人对社会的认识、理解和把握更加深入，视野更为开阔，思想更为深邃。他的每一首诗，不论是精心构造、气魄宏伟的长诗，还是似乎脱口而出、隽永深刻的哲理小诗，都能给人以新的启迪和美感，都能使我们领略到他的热烈执着的激情和深邃广浩的智慧。

这就是艾青：尽管风吹浪打，却依然"含着微笑，看着海洋……"

这就是艾青：既是诗坛泰斗，又是诗坛王子。

（1994 年）

论英雄史诗《乌莎巴罗》

在傣族的文学史上，叙事长诗在几百年前就十分发达，成为主要的文学样式。据帕拉纳于 1615 年撰写的《论傣族诗歌的种类》一书记载，那时的傣族叙事长诗就有 500 首，其中，"叙事诗内容较长、故事较多的有 5 首。《乌莎巴罗》为首，接下来是《粘巴戏顿（四颗缅桂）》，第三是《兰嘎西贺》，第四是《粘响》，第五是《巴塔麻嘎捧尚罗》"①。所以，《乌莎巴罗》也被称为傣族第一诗王。但是，这部以贝叶记载的叙事长诗一直失落于民间。最近，这部诗稿才被重新发现，并由刀永平翻译，罗俊新（原《潮州日报》总编辑）整理出来。全诗 56 000 多行，约 40 万字。它的发现和整理，对于推动傣族长篇叙事诗乃至整个傣族文学研究的深入发展，无疑有着重要的意义。

一

《乌莎巴罗》成书于傣历 354 年 2 月，即 992 年。10 世纪恰好是傣族社会发展的一个极其重要的历史时期，江应梁先生在《傣族史》中认为："在唐代中期到北宋初期，……经济的发展促进了掸泰诸族部落的强大，各部落和酋长早已由公推而演变为世袭的统治者，他们为了共同的利益而组成强大的部落联盟，进入了奴隶社会阶段。"② 而《乌莎巴罗》反映的是这个从原始社会向奴隶社会过渡的历史时期发生在勐嘎西纳与勐班加两个部落之间的战争：长诗一开始就讲述，"那时人世间有一百零一个国家"（这里的"国家"是指"部落"或"勐"，下同），而勐嘎西纳是其中特别强盛的一个，它作为部落联盟盟主管辖着其他王国。勐嘎西纳的国王捧马典是天神下凡，他英勇善战且有无穷神力，但非常专制和霸

---

① 引自刀永平、罗俊新翻译的《论傣族诗歌的种类》，里面提到的《吾沙巴罗》即《乌莎巴罗》。文章收入王懿之、杨世光编：《贝叶文化论》，昆明：云南人民出版社 1990 年版。
② 引自江应梁：《傣族史》，成都：四川人民出版社 1983 年版，第 176 页。

道。他每到一个地方先是飞到天上引弓张弩，"射出的弓箭惊天动地/地面的人听后闻风丧胆"，接着向地上的人们高喊："这里的人必须服从我统治/决不允许任何人反抗。"他有一个长得很美丽的养女叫南苏塔沙，南苏塔沙与勐班加的王子乌莎巴罗相爱，乌莎巴罗也是天神转世，有高强法力且为人诚信。但是捧马典没有把他看作未来女婿，"他忌妒乌莎巴罗武功高强"，害怕他"将来打破他称霸世界的梦想"，所以把他扣留在勐嘎西纳，想趁机除掉他。勐班加是礼仪之邦，为了避免战祸，先派使臣带着礼物向捧马典提亲，没想到派去的使臣却遭捧马典辱骂，两勐之间的战争终于爆发。双方都各自动员自己的盟国参战，甚至天上的神仙也参与了战斗。这场大战进行得激烈、残酷。最后，正义之师勐班加取得了胜利，捧马典被乌莎巴罗杀死，勐班加扶助勐嘎西纳已背叛父亲的王子帕农板继承王位，乌莎巴罗也终与南苏塔沙成婚。

诗歌透过乌莎巴罗与南苏塔沙的爱情纠葛所反映的是当时的历史现实：从原始社会过渡到奴隶社会这一历史交替时期是社会矛盾最为突出、尖锐和复杂的历史时期，私欲促使这个时期不断发生部落和部落联盟之间的兼并战争，而后形成新的部落和部落联盟。《乌莎巴罗》反映的正是这一特定历史时期的社会基本矛盾和发展趋势。当然，这部诗歌也反映了其他的社会内容：比如诗歌揭示了佛教传入傣族初期同原始神之间的矛盾，以及后来如何同原始宗教相结合共同成为人们的信仰；反映了傣家那时的社会制度："国家立下许多规矩/把人群划分为官家和百姓/官民界线分明世代相传/高低贵贱前世注定。"这说明傣族那时已进入阶级社会；还反映了各勐决策的民主会议制：不论是勐嘎西纳或是勐班加，大至战争，小至王子或公主的婚嫁事宜，国王都要召集群臣或长者认真商议，臣民们往往也敢于直言自己的主张。这是原始部落时期遗留下来的军事民主制；长诗还反映了傣族在嫁娶、祭祀、占卜等方面的习俗。这就是说，《乌莎巴罗》不仅概括了那个特定时代的社会基本矛盾和发展趋势，还比较全面地反映了那个历史时期的社会面貌，是一部具备了史诗品格的长篇叙事诗。

事实上，《乌莎巴罗》不仅是一部史诗，而且是一部英雄史诗。《乌莎巴罗》塑造了两位英雄人物：捧马典和乌莎巴罗。捧马典属于行将被时代淘汰的英雄人物。他最为显著的人格特点是勇猛、强势、霸道，他敢于率领勐嘎西纳抗击魔鬼之国孟维扎团，并在战胜魔鬼之国后树立较高的威信；他喜欢掠夺和扩张，并可以不顾一切地扫除阻碍他的障碍；他还有拼死搏斗的精神，在战争的最后他已陷于必败的境地的时候，仍不肯俯首称臣："老子是天下第一男子汉/从没有向任何人投降/如果要我向你屈服/除非河水倒流树倒长。"这种刚强不屈的品格实在令人慨叹不已。史诗并没有简单地贬抑这个人物形象,他毕竟代表着一个时代傣族人民对理想人格和社会历史的评价原则:对于一个行将从原始社会过渡到奴隶制社会的时代来说,"获取财富已成为最重要的生活目的之一。……进行掠夺在他们看来是比进行创造的劳动更容易甚至更荣誉的事情"①,因此,勇敢和强大成了人们歌颂的英雄品格,而扩张和掠夺也是应有的社会秩序。捧马典正是属于这样一个时代的英雄人物。但是,随着社会文明程度的逐步提高,他的勇敢和强大背后隐含的凶狠、贪婪、霸道使他越来越失去民心,失去一个部落联盟盟主的凝聚力。而乌莎巴罗就不同了。他少年时代就自愿随帕伦王出家,学会了佛经,"懂得了五戒八律的内涵",培养了渊博的学识和高尚的品德。他为人有礼,忠于爱情。他法力高强而又与人为善:即使被捧马典囚禁,他有能力打败围攻他的敌人,但他"不愿残害生灵","不愿跟无辜的人打仗"。他杀死了捧马典,但不愿意夺取勐嘎西纳的政权,而是扶助捧马典的儿子帕农板继承王位。这就是说,他不是凭武力而是凭信义获得人们的爱戴,他不是以掠夺和征服去满足个人的私欲,而是把各勐人民的和平和安宁当作人生的目标。所以,乌莎巴罗身上是凝聚了傣族人民对美好理想的要求:经历了连绵不断的兼并战争,人民已厌倦了武力和厮杀,他们渴望一个有德的君主,去统一天下并缔造一个和平、安宁的国家。这也正是乌莎巴罗这个形象所体现的意义。而我想,《乌莎巴罗》的一个主要的思想价值,即在于通过乌莎巴罗和捧马典两个不同类型的英雄形象的塑造,暗示一个凭武力征服天下的旧时代的行将结束,和一个凭德行统治天下的新时代的到来。潜明兹先生在《中国少数民族英雄史诗》中认为,"傣族中世纪的诗在 500 部以上,在大量长诗中能确定为英雄史诗的至少有四部(篇)"。这四部即是《厘捧》、《粘响》、《相勐》、《兰嘎西贺》。② 现在我们又可以在这个行列中添加上一部《乌莎巴罗》了。

二

《乌莎巴罗》所包含的思想,首先是对佛教人生观、价值观的宣扬。据考

---

① 引自中共中央马克思恩格斯列宁斯大林著作编译局编:《马克思恩格斯选集》(第 4 卷),北京:人民出版社 1972 年版,第 160 页。

② 引自潜明兹:《中国少数民族英雄史诗》,北京:商务印书馆 1996 年版,第 141 页。

证，佛教思想传入傣族是在 7—9 世纪间。① 在这部史诗中，所宣扬的佛教思想最突出的是轮回和业报的观念。勐嘎西纳为什么会走向衰落？是因为捧马典在天堂碰到前世妻子南苏扎腊，两人破坏天规私奔到人间。天上的英达王于是重新"为人类选择优秀的接班人"，他委派男神下凡，转世而为乌莎巴罗。乌莎巴罗和南苏塔沙为什么会有被囚禁之灾？是因为"前世关了一对鹦鹉／今生坐上了铁牢笼"。此外，史诗还宣扬了"赕佛"的观念。"赕佛"即贡献财产用以支持佛教活动。作品描写了不少因潜心拜佛、"赕佛"得以成仙或转世当上国王的故事。佛教思想的渗透使整部史诗有着较为浓厚的教诲色彩。

但我以为，宗教的思想在这部史诗中仅仅是外壳，剥开这一层外壳，就可以看到这部史诗的思想内核——对正义原则的宣扬。捧马典并非因为触犯天规，而是因为多行不义最终才众叛亲离，陷于孤立无援境地。而乌莎巴罗，他的取胜也不是因为神的旨意，而是信守"义"的原则终为人们所拥护和爱戴。值得注意的是，史诗还把亲情、爱情也放在正义的天平上去衡量。史诗多处描写到儿子反叛父亲的情节：帕农板不满父王捧马典的贪婪和专制，最终投奔勐班加的阵营；在第二十三章《宝角牛的故事》中，老牛王为了保持自己的霸主地位，把自己亲生儿子全部踏死，死里逃生的宝角牛长大后又把老牛王杀死等等。在这里，"义"的原则战胜了血缘的原则。在作品中，即或是对爱情的描写，也是以"义"去衡量。捧马典前世的妻子南苏扎腊与富翁苏巴纳私奔，后来她在天堂碰到捧马典又旧情复燃，舍弃苏巴纳与捧马典私下凡间。这是对丈夫的不忠，所以最终受到应有的惩罚。反观乌莎巴罗，他的几次婚姻都碰到波折，但他从来没有在陷于困境时舍弃妻子，而是与其共患难，这正是体现了"义"的原则。所以，也可以说，《乌莎巴罗》是一部谴责不义，歌颂正义的英雄史诗。

三

《乌莎巴罗》在艺术上也有不少值得称道的地方。

首先，现实与幻想的交融，叙事与抒情的结合，是本诗显著的特点。史诗以鸿篇巨制为我们展现了一个壮阔的生存空间：既有人与人之间的矛盾和纠葛，又有人与妖魔之间，神与魔之间的冲突和纷争；忽而是人间世俗生活的细腻的展现，忽而是天上神异描写和奇特的幻想，这种人类早期的幼稚的思维使我们领略

---

① 参见岩温扁、伍雄武：《傣族哲学思想史》，北京：民族出版社 1997 年版。

到一种跨越神人、生死的恢宏气度和壮阔的意境。另外，史诗善于将泼墨如画的叙事与淳厚优美的抒情交织在一起。常常是，粗犷狂烈的战争场面，穿插进缠绵悱恻的儿女情长；惨烈的厮杀刚刚结束，忽然又弹唱起父母的牵肠挂肚，妻儿的彼此安慰和凄然告别。

其次，是人物塑造的成功。对于一部英雄史诗来说，能否塑造出既概括了那个时代的特征又有鲜明个性的典型人物是至关重要的。《乌莎巴罗》中两个英雄形象的塑造应该是比较成功的。就如乌莎巴罗，他是宫廷王子，却又平易近人；他骁勇善战，又信守仁义；更难得的是作者能够在几次的爱情生活中写出他多情、温柔的一面，这就使得这个理想色彩浓厚的人物显得有血有肉。当然，这个人物在塑造上仍然存在着概念化的毛病，我们在他身上几乎很难找到缺点。相比之下，捧马典这个形象显得更为丰满、鲜活、生动，这得益于史诗对这个人物性格多侧面、多层次的刻画，得益于史诗对人物性格丰富性、复杂性的描写：在与勐班加的战争中，一开始他是怒斥勐班加派来的使者的，体现了王者的霸气；在大军压境，群臣恐慌的时候，他"反而放声哈哈大笑"，显现一个英雄的自信和镇定；而当他派出的几拨大将都战死沙场，眼见战争已成败局之后，作品有一段很精彩的描写：

> 捧马典好像心情尚好，
> 看不出有半点紧张；
> 他面带微笑自我安慰，
> 仿佛他这次打了胜仗。
> ……
> 捧马典的微笑时间不长，
> 装出的笑脸慢慢消散；
> 他突然大声痛哭，
> 这时的样子实在凄凉。
>
> "我的十六名大将军啊。
> 你们是勐嘎西纳的栋梁；
> 你们就这样离我而去，
> 你们死得何等枉冤。"
> ……

"昆兴将军已离我而去，

丢下美好的家空荡荡；

丢下他如花似玉的妻子，

不知今后会变成谁的婆娘？"

"还有那可怜的昆治将军，

他也在战场上阵亡；

他身中万箭死得悲惨，

撒手而去回不了家乡。"

"他上有父母下有儿女，

还有那年轻美丽的妻房；

死的时候没有见上一面，

如同做了一场噩梦一般。"

……

在战争前后捧马典的不同表现中，我们看到捧马典刚强的外表下所包藏的软弱，看到了他凶狠的背后充满人性的、丰富的感情世界。而他在战败后所表现出来的宁死不屈的执拗，更具有一种撼动人心的人格力量。这应该说是一个性格复杂而又个性突出的典型形象。在傣族已整理出来的几部英雄史诗中，《厘捧》、《粘响》所塑造的人物还没有完全脱离神话中人物的类型化的特点，人物的个性特征不够突出，这说明它们是早期创作的作品。而到了《乌莎巴罗》、《相勐》、《兰嘎西贺》，人物的个性特征、人性的丰富性和复杂性得到了较为充分的表现，这说明它们都是在艺术创造上达到一定水平之后才创作出来的作品。

在语言叙述上，这部史诗有着傣族叙事诗共同的特点，即善于运用比兴的手法，喜欢以花草、树木、溪流、星星、月亮作为叙事诗的润色剂，使语言色彩鲜明秀美；而唱颂体那种富于抒情韵味的叙述，又使诗句读来悠扬婉转、优美动听。需要提及的是在翻译成汉语之后，仍然能够体现傣族叙事诗在语言表达上的这种特色，足见翻译、整理者的艺术功力。

当然，这部史诗也有不少毛病。首先是宗教教化色彩比较浓厚。这倒不是说不可以表现佛教思想，而是说其中不少观念、思想是赞哈传唱过程中渗透进去的，所以，与原来所表现的生活内容融汇得不够融洽，甚至还有个别章节是纯粹的说教（如第四十七章《生因果报应》）。这不能不说是史诗的一个毛病。其次，史诗结构恢宏，情节复杂，但显得过于散漫、庞杂。有些情节显见游离于主题之外，有些情节的发展显得拖沓、平板。比如史诗最后写到捧马典被杀，帕农板登基，乌莎巴罗与南苏塔沙完婚，本来就可以结束了，但还安排了南苏塔沙在森林被魔鬼劫持，乌莎巴罗率领勐班加与魔国展开人魔大战。这个情节似乎对人物塑造或主题表现已没有多少意义，有点画蛇添足了。另外，诗歌在描写上善于排比铺陈，但叙述节奏过于迟缓，有些章节读来觉得冗长、沉闷。

（2002 年）

评李发模的叙事长诗《呵嚩》

"为一个民族写史"①，这是李发模的长篇叙事诗《呵嚩》的立足点。李发模不属于仡佬族，但他是在仡佬族的聚居地——黔北长大的，他对于生于斯的这片热土以及在这片热土中孕育、成长的这个民族有着深刻的了解，他要为这个民族寻根探源，为这个民族建构一部英雄史诗。而对于具有史诗品格的少数民族叙事诗来说，我们只能追溯到五六十年代，那是灿若星河的年代，比如藏族的《格萨尔王传》、彝族的《阿诗玛》、壮族的《百鸟衣》、蒙古族的《嘎达梅林》等。但是，这些作品都是根据民间故事或民间叙事诗进行整理或再创作的。而《呵嚩》则不同，这是李发模的个人创作。仅就这一点而言，《呵嚩》的发表在中国当代诗歌史上具有标志性的意义。

一

《呵嚩》这部叙事长诗共十章，五千余行。全诗以山蛮和水妹这对仡佬族青年男女的爱情遭遇为主线，以仡佬族的神话传说、历史变迁、风情民俗的描写和天机道人与猎人对世事的洞观、点化为两条辅线，诉说仡佬族作为一个民族的苦难与挣扎以及在艰辛历程中所形成的民族文化精神。山蛮与水妹，这一对青年人是仡佬族人理想的化身。山蛮是"力"的化身，他出生时，"一声炸雷／撕裂一座大山，炸裂声中／正是婴儿临盆的哭啼"。这个小伙子似酒神般充满原始生命活力，干活时"抡锄有动感／扶犁有响鞭"，喝酒时"敢抓一条闪龙，按在锅里煮"，15 岁打虎救父，一时传为佳话。而水妹则是"美"的化身。她的美丽，吸引了众多小伙子的目光，自然也引来恶吏的垂涎。恶吏阻挡山蛮与水妹成婚，水妹聪明地化解了恶吏的刁难，这对热恋的年轻人最终结为夫妻。但是，婚后的一

---

① 李发模：《呵嚩》（后记），贵阳：贵州人民出版社 2009 年版，第 247 页。

个元宵节，水妹仍躲不过官吏的凌辱。愤怒的山蛮终于爆发，用斧头砍死官吏后逃亡。亡命途中，当过冶炼朱砂的矿工、抬石工甚至赶尸人，曾经掉进深涧，九死一生，而内心一直记挂着水妹。水妹在寻夫的路上，差点被朱砂矿老板杀害以祭祀神灵，幸亏山蛮及时赶到，救出水妹，夫妻终得团圆。

在诗歌中，诗人将带有传奇色彩的情节同黔北陡峭的山岩、苍茫的竹林、神奇的岩洞等奇丽自然风光的描写，同竹图腾崇拜、祭树、打花龙等民俗风情的描写结合起来，增添了独特的民族风味和浪漫主义色彩。自然，诗歌更牵动人心的是男女主人公的命运遭际及爱情追求。山蛮和水妹这一对年轻人对于恶势力的反抗，对于自由和爱情矢志不渝、坚韧不拔的追求，令人动容，令天地为之慨叹。他们身上体现的正是仡佬族在恶劣的生存环境和多灾多难的生存过程中所形成的勤劳勇敢、不屈不挠、自强不息的民族精神和热爱美、自由又充满智慧、灵性的心灵。山蛮和水妹，他们身上凝聚的是以山为魂、以水为魄的仡佬族的民族精神。

当然，如果仅仅局限于爱情叙事，这部诗歌还难以具有史诗的品格。一般而言，英雄史诗喜欢叙述重大的历史事件，叙述在漫长的时间和广阔的空间中展开的战争以及在战争中涌现的民族英雄，以此搭建宏大的构架，一对青年男女的爱情追求是难以支撑史诗宏大的构架的。正是考虑到这一点，诗人安排了一条辅线——仡佬族的历史和传说。其中，乙章"洪水神话，生命母体"讲述了仡佬族的创世神话以及始祖竹王创立夜郎国的历史；丙章"千年仡佬山"叙述了历经唐宋元明的播州文化以及明万历年间的平播之役，曾经创造了令人瞩目的播州文化的仡佬人在平播战役中遭到毁灭性打击，从此藏匿于丛山密林之中；长诗还穿插叙述了仡佬族千百年来形成的竹崇拜、傩文化等宗教和习俗，叙述了诸如酿茅台、炼朱丹等仡佬族文明进程中辉煌的历史。而且，在长诗中，主线与辅线、历史的述说与爱情的咏唱是交织在一起的。甚至，我们也可以说山蛮和水妹这对青年男女的命运遭际是富于象征意义的，山蛮与水妹的反抗和逃亡是仡佬族的反抗和逃亡；山蛮与水妹的磨难和重生是仡佬族的磨难和重生。历史的述说与现实的爱情的咏唱共同打开一部仡佬族的历史，那是追求自由和创造的历史，是压迫与反抗的历史，其间涌动着仡佬人充满着野性的生命力量，闪烁着仡佬人捶打不垮的意志力以及反抗强权、追求光明的精神追求。正如诗歌所咏唱的：

从祖先的祖先起始，濮人生能跋山涉水，狩猎捕鱼

死了，也鹰一样飞起

以一种凌空的姿势……

在历史空间、现实空间之外，天机道人与猎人的出现又开启了诗歌的另一个空间——哲理空间。如《红楼梦》中的一僧一道，天机道人是得道仙人，"驭一车'明了'"，明了过去、现在、未来。而猎人更似人间智者，他教诲山蛮为人处世："见人矮三分，你是海了/见解高三分，你是山了/得理让一分，你就平安了。"他点化水妹知晓生死："婚姻的洞房和丧葬的坟墓/都是人住的地方"，"一是男女结合，生儿育女/一是入土为安，最终是泥壤/因之红白喜事，在世间/似两月并肩，似朋如友/彼此相映/时空茫茫"。正是猎人的点化，使山蛮与水妹超越俗世生命，神游九天，归于自然。仡佬族虽地处偏僻，人性之中勃发着野性生命力，但是，儒家和道家，尤其是道家统率着他们的思想和意识。在平播战役之后，仡佬人退居山林，超脱和达观的道家思想便有了良好的土壤。所以，他们具有复杂的文化人格：粗犷豪放而又充溢着灵性、智慧，勇敢坚韧而又达观乐天。假如说，爱情的叙述、历史的叙述展现的是仡佬人对生活的热爱，对自由坚韧不拔的追求，那么，哲理空间展现的是仡佬人对存在的追问以及由此而生发的对俗世的退隐与超越，二者都是仡佬族民族文化精神的体现。以前读到的民族史诗，多是围绕战争的过程或英雄人物的成长单维度地推进叙事，而这部诗歌却是从现实、历史、哲理多个层面构建一个丰富复杂的艺术世界，我想这正是这部诗歌在反映生活上的独特之处。

二

诗人有着高超的叙事艺术，整部诗歌多条线索齐头并进、交相联结；多层世界纵横交错、交叉重叠，而众多的人物与事件、原本零散的民族元素被有机地组织在这个宏大的结构之中。从诗歌的节奏来看，几条线索交叉联结，情节的行进中，穿插历史的回忆，生存的追问，节奏舒徐自然而不至于笔墨拥挤。另外，在这个宏大的世界之中，你所获得的审美体验也是多重的。历史、现实的空间是实写，哲理的空间是虚写，虚实相生，相反相成；现实的空间热切、激越，洋溢着灵性和原始的生命活力；历史的空间幽远、沉重，透发着生命的深厚；哲理空间静穆、空远，引人遐思，发人深省。

就抒情方式而言，《呵嗬》是一部大型的交响曲。诗人的歌唱采用的是自由体，其间又夹杂着仡佬族的酒歌、情歌、儿歌甚至打闹歌：

> 整哟——
> 杯在山海之间，喝个大雨封天
> 碗在天地之间，吃个豪情轰然
> 筷在神人之间，夹个天旋地转
> 喊在阴阳之间，活个自得圆满
> 满起！满起！又整哟——
> 有缘大杯大碗
> 喝个霹雳开天

这是酒歌的味道，曲调明快、气氛热烈。

> 喊一声哥，妹就断了魂。
> 山路弯弯连着妹的痛呀，
> 太阳红红烫着妹的心。
> 哥你挑粪上山喊一声累哟，
> 妹就转身化作遮阴的云。

这是仡佬族的情歌，曲调热烈而又缠绵。此外，还有低沉、急促的劳动号子，有轻松活泼的儿歌等。而即或是诗人自由体式的吟歌，也融入了民歌的诸多元素：

> 弯弯弯，弯弯的绿水弯过家门前
> 团团团，团团的白云团到竹林间
> 盘盘盘，盘盘的山路盘到天上去
> 转转转，转转的青山转到锅台边
> 仡佬和水哟同血缘
> 仡佬住在山水里
> 一碗山水一碗饭

复沓的结构，回环往复的旋律，叹咏的调子，散发着浓郁的民歌风味。我觉得，对仡佬族劳动人民情感特征和表达方式的捕捉，应该是这部史诗中最为显著的艺术特征，也是这部诗歌的艺术魅力之所在。正如诗评家章闻哲所说："《呵嗬》的可贵之处，正在于它区别于往常我们所熟悉的史诗，它完全脱掉了贵族珠光宝气的外衣，而换上了平民自己的布衣……这是真正属于人民的史诗。"① 仡佬族民间诗歌的情感气质已渗透在这部长诗之中，使整部诗歌呈现出粗犷、朴实、明朗、奇丽的风格特点。

"你有山歌唱山歌，我无山歌就打呵嗬；你一首山歌上了坳，我两个呵嗬翻过坡"，这是流传久远的仡佬族民歌，李发模的这部诗集的命名无疑来自这首民歌。诗人在诗集的后记中说："我知道，勾腰劳作和谷穗成熟的勾腰，其生命力的途径是深深地扎根脚下的土地。"② 可以肯定地说，《呵嗬》这部诗歌是诗人深深扎根在生他养他的那片土地之后蓬勃生长起来的一棵大树。

（2012 年）

---

① 章闻哲：《一部仡佬族史诗带来的启示——读李发模近著〈呵嗬〉有感》，《山花》2009 年第21 期。

② 李发模：《呵嗬》（后记），贵阳：贵州人民出版社 2009 年版，第247 页。

论杜伟民的诗歌创作

　　哲学和诗都是关乎人生的，区别可能在于，哲学是对人生问题的形而上学的沉思，而诗应该不会脱离人的情感、体验的领域；哲学解答的是人生之谜，而诗歌则是给茫然失措的个体人生提供一种感动人心的慰藉或神启。当然，也会有一些诗人，知名者如谢林、里尔克、荷尔德林，是以诗表达对人生根本问题的形而上学的思考，甚至企图以诗去拯救世界的。杜伟民就是这一类具有哲人气质的诗人。借用维赛尔教授在《马克思与浪漫派的反讽——论马克思主义神话诗学的本源》中对德国浪漫派诗人的评价，杜伟民的诗歌创作可以概括为一句话："形而上学地抒情。"我们可以抓住他诗歌中反复出现的几个意象来了解这一创作特色。

　　（1）天空。每个诗人的写作姿态是不同的，有一些诗人，是站在超越时空的高处俯瞰大地，被大地的引力所吸引；有一些诗人，则是站在大地向天空仰望，倾听着穿透高层的天籁之音。杜伟民的写作姿态，不是"俯瞰"，而是"仰望"：

你曾是森林中的一棵树

无数棵树倒下了

你依然向整个星空伸出你孤独的双手

　　——《但是你是谁》①（本文选诗均出自同一选本，下文引诗不注）

我习惯于从这极细微的生灵望向更遥远，更广阔无边的时空

这我与它永远都无法穿越的太空

以至于我们耗尽生命也无法抵达它极地的边远

　　　　　——《从那光芒投射而来的地方》

---

　　① 杜伟民：《白天鹅的悲歌》，北京：中国戏剧出版社 2009 年版，第 182 页。

为什么选择"仰望"的写作姿态，因为在诗人眼里，"大地"已经沦陷，沦入黑暗之中：

大地已在遥远之远沦陷入黑夜，陷入一片虚空，就像是昙花在午夜开放，在瞬间被黑暗吞没

——《白色之湖》

在杜伟民的诗中，"大地"的意象总是和黑暗、混沌、荒原联系在一起的，而诗人对"大地"的失望，乃是对人类文明发展之失望。一部人类的发展史，是不断征服自然、榨取自然的历史，而当人把自然当作利用、盘剥的对象的时候，人与自然离异了，诸神从人那里扭身而去了，人的存在被置于荒原之中，人的心灵冥入黑夜。其实，"大地"的黑暗乃是源于人心沉入暗夜。如何把人从黑夜中拯救出来？这个时候，就需要诗人站出来，仰望天空，祈求神性的光芒朗照存在：

我往更高的地方张望
更高的光芒无止境地倾泻下来
倾泻在这日渐荒芜的国土

——《自从你的白发一泻千里》

所以，摆脱现实的羁绊，超越大地，飞向自由的天空便是杜伟民诗歌一个最基本的主题，而风、光、云朵、飞鸟、白天鹅等天空中的物象便成了引导人奔向自由的天使：

2003 年的悲痛与 1918 年的悲痛之间，是一种怎样的距离？
2003 年的风与 1918 年的风又是怎样的一段距离？
很旧很旧的风，在天空，是一只蓝色的鸟，不断引领我们向上，向上。

——《2003 年：一种悲痛的距离》

让黑暗天际偶然出现的光信息
给我偶然的彻悟，引领我们向上，向上，穿过黑与白，穿过明与暗

> 穿过冷热交织的地带，让我们以冰川之美呈现在海面之上
> 让白天鹅的歌声响彻天穹，光芒四射的天穹！
>
> ——《冰川之美》

需要说明的是，"天穹"当然不是一个实体，而是与沉沦于晦暗的"大地"相对应的一个澄明而自由的世界；神性的光芒当然也不是（或不仅仅是）意指某种宗教神力，毋宁说那是一种诗性精神。在杜伟民诗歌中，有时候诗歌干脆就是宇宙的光源，正如在跋中所说的，"他是一颗穿过无止境黑暗的流星，飞到哪里，就照亮哪里"，他甚至不无狂妄地说："终有一本诗集会改变人类文明的方向。……我将用汉语成就有史以来其他人用汉语无法成就的一切东西。……那是高山上的空气，那是地底的暗泉。……从这出发，又可以说这部诗集不仅仅是诗的集结，它是人类最初的避难所，也是最后的归宿。①"

由于人类一味盘剥，大地已变成一个工厂，一个贸易所，一个异己的世界。如何使这个异己的世界转化为属人的世界？如何给人类提供最后的归宿地？诗人的回答是需要借助诗性精神！人应该把诗性、灵性彰显出来，让这个世界披上虔敬的、充满诗意柔情的光芒，只有在这样的大地上，人才能居住，才能诗意地栖居。也是在这个意义上，诗，是人类生活的依据，诗意化的世界，是人类最后的归宿地。

至此，杜伟民完成了他对人类形而上学的思考，和谢林、荷尔德林等诗人哲学家一样，他把诗设定为人类生活的依据，把诗本体化了，把本体诗化了。

（2）白色花瓶。在杜诗中，大多的意象是前人所创造的，尽管有时他赋予的是与众不同的内涵，但也有少数是自己所创造的，比如白色花瓶：

> 白色花瓶，被南方的晨雾无限充满
> 被南方的夜气悄然抚摸
> 透出无限冰凉的冷
> 好像在每一刻都有可能破碎
> 而出人意料的是
> 她仍然那么完美无瑕地静立在夜气里

---

① 杜伟民：《白天鹅的悲歌》（跋），北京：中国戏剧出版社 2009 年版，第 217 页。

透出无限冰凉的冷

让一袭忧伤的灵魂得以安眠

——《白色花瓶和她逝去的秋天》

我是一座漂亮的孤岛，更或是一只易碎的瓶子，种满透明的花，

用最后的诗歌体日记本记录爱情，秋天的呼吸，轻轻移动步子的白云，

那个少女突然挡住我的视线，我不曾玷污她美丽的躯体，

我要借助她青色的手把我接近崩溃的躯体献给天国。

……

在抵达天国之前，我依然是一只易碎的玻璃瓶，像一朵盛开的花在瞬间彻底爆裂。

——《一位少女挡住了我的视线》

白色花瓶是一种隐喻，意指诗人所欲构造的理想王国。对现实的不满使他总有创造一个新世界的冲动。他常常在诗中描绘他的理想王国，那是纯净得近乎透明的世界，和俗世相对抗的世界，充满着花朵、爱情、白云、鸽子，但这样一个美丽得几乎不见人间烟火的诗歌王国却是易碎的。所以，我们能读到一个非常矛盾的杜伟民，有时候自信得狂妄，坚信"我的伟大帝国正如恒星一样，高高辉耀在上"（见《白天鹅的悲歌·跋》），有时候又会觉得他所构筑的世界是如此脆弱，在瞬间会彻底碎裂。你能感受到他创造一个新世界的酒神式的冲动，也能感受到理想破碎的受难般悲壮情怀，而忧伤是横亘在他诗歌王国的一条河流，无边无际地流淌。

杜伟民的诗，表达的是对人类整体存在的思考以及构建诗意化世界的冲动，所以，用"形而上学地抒情"去概括他的创作是再恰当不过了。他的诗歌的形式特征，也可以从这里获得解释。培浩曾用"汪洋体"去命名他的诗歌体式，这种汪洋恣肆的诗体其实是源于两个方面：其一，仰望星空的创作姿态使诗人竭力将自我扩大，包容历史、世界、宇宙，营造一个任思绪纵横驰骋的阔大时空；其二，从大地到天空，从有限到无限，诗人表达了否弃自我融入神性的酒神式的冲动，惯常的诗体显然无法表达这种激越、悲壮的冲动和情感，只有"汪洋体"才能自由地宣泄他的冲动和激情。

杜伟民的诗雷同化的弊病是明显的，这也与"形而上学地抒情"有关。他

否弃大地，面向天空；他的诗不是起源于生活与人生经验，而是起源于思考与观念。而事实上，观念是会雷同的，生活不会雷同；观念是会衰老的，生活不会衰老。所以，如果杜伟民的诗歌要获得突破，我以为要学会从大地、从生活世界中获得表达的力量。即或大地陷入暗夜，那也只是意味存在被隐匿了，存在被遮蔽了，这个时候更需要诗人站出来，以诗的光芒穿透生活的晦暗不明，让存在敞开、显现。所以，正视而非逃避现实，我以为是杜伟民所要解决的首要问题。

（2009 年）

论黄潮龙的诗歌创作

有一些诗人，他的写作是面向天空的，他习惯于倾听穿过云层的天籁之音；而有一些诗人，他的写作是面向大地的，他善于从大地蜿蜒起伏的节奏中获得灵感。黄潮龙的写作属于后一种。翻开他的诗集，能够清晰地感受到来自大地的气息。在大地，在生活世界中发现诗性的存在，这是黄潮龙诗给我的强烈的感觉。

一

从 1992 年出版《恋果》，到 2012 年出版《青春无痕》，黄潮龙的诗歌创作已走过 20 多年的历程。

《恋果》是黄潮龙的第一部诗集。诗人用《蒹葭》的诗句来命名他诗集的四个小辑。第一小辑"蒹葭苍苍"咏叹的是"时间"。如《清明》、《秋》、《七夕》、《飞向冬至》等，从标题就可以看到诗人吟咏的是时间的流转、季节的更替。只是诗人对时间的想象和体验，不是与别的诗人一样，与伤时、与天问、与人生的慨叹联系在一起，而是与大地、与劳作、与生长联系在一起。比如，秋天是最容易引发伤感的，诗人说，"黛玉该等到秋天/秋天才是真正的花冢"，"但秋丘之上红衣少女们短裙雪白/将《石头记》置于野餐之旁/一致认为，世界上感伤太多/子房是生命，果核依然包孕着生命"（《秋》）。在另一首诗歌中，诗人这样表述对秋天的期待："一件朴素的农具/正打动涵容万端的土地/它疏松着黑壤/种植一种声音/我于是明白：/农事必须一次次埋下和翻起。"（《等待秋收》）这是我喜欢的一首诗，这些诗显示了从诗歌创作的初始，黄潮龙的诗性眼光便投视于在现代社会被遮蔽了的土地和土地上生长着、活动着的人和物。

第二辑"白露为霜"咏叹的是"物"。在黄潮龙的笔下，有时"物"是自然的延伸和结晶，因而也是展露大地、展露自然奥秘的窗口。比如，他写灯塔和大海的对峙，"一边是永不退让/除非自身被毁灭/一边是永不放弃/除非自身干涸而僵硬/痛苦的结合/痛苦的结局"（《江中塔影》）。但是，在他的诗歌中，有时"物"是人类的遗产，"物"展示的是人生或是历史。其中，写得最好的是《我是一只含着谷穗的羊》："精雕细刻/我吐出灌浆已久的谷穗/衔于口中"，"于是，就有了三元里剑矛也似的谷穗/农讲所星火般的谷粒/这朴实的形象/正是太平天国的旗影/和黄花岗的弹片如麻"。从五羊的雕塑，展开对南方大地上革命、抗争和改革历史的想象，诗歌也就有了开阔的意境，有了纵深的历史感。

第三辑"所谓伊人"吟咏的当然是"人"了，其中有在土地上劳作的农人，如为诗人赢得许多赞赏的《种柑的人》；有在大地上仰望苍天的艺术家，如《读李白》、《阿炳》等，"一片薄如蝉翼的月色/正滑过你的前额/阿炳，兄弟啊/灵魂之诗无须注释/它越过沉渊和沼泽/从黑暗流到天明"。这是诗人对阿炳的读解，整首诗充满忧伤的气息和深邃的意境，有如在聆听《二泉映月》，是黄潮龙这个时期的佳作。但是，在这个小辑中，写得最多的，是人对故土的思念："炊烟作为一条归家必经的小径/在思念的天空/笔直或是弯曲"，"于是，向日葵的转向/纤夫之路的刻度/以及太阳鸟的弧线/无不成为炊烟/孪生的兄弟"。我相信，黄潮龙的这首诗应该是从顾城的《弧线》中获得灵感的，但是，《弧线》已经抽离了内容，只剩下形式的美，而黄潮龙的这首诗，弧线的优美的意象，内蕴着温暖的思乡之情。

第四辑"在水一方"吟咏的是"地"。这"地"有时是文化遗址，如《三元里纪念碑》、《过龟山古渡》等。在这类作品中，遗址是用以象征历史时间的空间想象，作者借此展开的是对民族、族群历史和文化传统的探寻。这类诗往往考验的是作者对历史思考的深度，这当然不是黄潮龙的强项，有些思考显然过于浅显。但是，一些诗，由于他构建的意象的独特性，仍然会产生意想不到的效果，比如，他写鸦片战争："当炮口轰开紧闭的牙关/灌下麻醉剂之后/中国更加骨瘦如柴。"（《三元里纪念碑》）而另一类诗，"地"就是大地、山川、江河，在诗人的笔下，这是涵养万物、孕育文化的源头："韩江，万物挤压而喷射出的大地血浆/从历史之根、神祇之前/从生长阔叶林的泥土深处/从惊心动魄的奔腾呼啸声中/穿过峡谷、风雨和人性光辉/饱经忧患地折腾着我"，"在你文明的道址上/我是乡道、小巷、鸡鸣和犬吠/是帆影、是桨声、是鱼汛、是鸥鸣/是江边打草生息的子民/是轻摇在阳光下的芦笋/是铁杵磨成的针尖上的诗句"，"韩江……这生灵的力的线条/这清纯的自然之母的酒浆/哺育敦厚淳朴的风习/酡红两岸的智慧的果实/荡开今日春色万重"（《千里韩江》）。这首诗的叙述者与叙述对象交叠、转化、重合，自然、人与历史融合，洋溢着澎湃的气势和崇高感，洋溢着诗人对于大地、自然的崇拜之情。我觉得，在面对大地、自然时，黄潮龙的文字往往是灵动的，饱含感情汁液的。

《恋果》是诗人的处女作，有点青涩，却又预示着诗人广阔的发展空间。这个时期的黄潮龙，用刚刚获得启蒙的诗性的眼光打量周遭的事物，不断地变换抒写的对象，不像后来那样，几乎每一个阶段有一个集中的主题。但是，对于大地，对于大地上生长着、劳作着、歌吟着的人民的咏叹，是他第一部诗集的一条主线，也是他此后诗歌创作的一条主线。

1998 年，黄潮龙出版了第二部诗集《中国潮》。这部诗集的基本主题是表现改革开放狂潮中的南中国。黄潮龙是那种对生活有着丰沛激情的人，又身处改革的最前沿——汕头特区，对改革开放给这片土地带来的变化自然具有较强的敏感性。如何表现那个时代新的气象，他抓住了一个意象——脚手架："脚手架，盗火者的骨骼/把攀登的轨迹指向高空"，"你坚定地楔入时间和空间/你的风格是严谨和生动/让生命之流定格为利空的曲线"，"在那儿，我们看见/共和国曾经沉重的头颅/终于和黎明一道高高昂起"（《特区脚手架》）。事实上，在这部诗集中，黄潮龙还试图用其他的意象去描述特区，比如特区的楼群、音乐茶座等，但这些意象是难以产生诗意的。而脚手架可以产生诗意，因为脚手架和大地有一种亲和关系，脚手架是具有生长性的意象，它很好地表现了那个时代冒险的、探索的然而又是蓬勃向上的时代的氛围。黄潮龙这部诗集的另一个能够鲜活地表现那个时代的形象是"外来妹"："外来妹，时代的快乐小鸟/给南方的城市吹进一股绿风/鸟的叫声，总让特区清澈而明亮"，"她们在一条流水线上/流露出心灵和手巧/她们在每一种产品中/倾注智慧和心血"，"累了就凭精巧袋子里的薪水/享受冰淇淋、雪糕、马蹄爽的惬意/然后在时装的折光中打扮/不时于舞曲中试探节奏的深浅"（《特区外来妹》）。其实，黄潮龙也可以选择比如说小资、白领去表现那个时代，但小资、白领产生不了诗意，而外来妹可以产生诗意，因为外来妹和土地同样有一种亲和的关系，外来妹身上散发着青草般清香的气息。黄潮龙的这部诗集，号准了时代的脉搏，是有强烈的时代感的，同时，又是具有诗性品质的。本来，林立的高楼、霓虹灯这些是难以入诗的，但是，黄潮龙找到了一个巧妙的视角，一个与别的诗人不同的视角，即在与土地、与农耕时代的血脉关系中去描写一个新时代的诞生。就如他在《面对特区》中所写的："在这农事的抽穗期/特区的建设迅雷不及掩耳"，"特区的精神/最纯粹的时代基因/潜入我的血液/

潜入乡下大片大片土生土长的植物/面对特区/我深深懂得怎样面对家园/一如面对脚下厚重的土地/面对我爱意流聚的父老乡亲"。

2005 年，黄潮龙出版了他的第三部诗集——《绿月亮》。我个人以为，这是诗人迄今为止最重要的一部诗集，正是这一部诗集，充分地、完整地展现他对于大地的思考和礼赞，充分地、完整地展现了他创作的个性。《绿月亮》是诗人作为一个管理干部下乡驻点的一个意外收获，他的家乡万亩蕉林激发了他的创作激情。在这部诗集的封面，作者还特地写了一句话："呼唤'三农'文学，探索绿色诗歌。"其实，"三农"是一个政治概念，以一个政治概念命名文学本身是有问题的，幸运的是，作者是以纯粹的诗性的眼光而非一个管理者的眼光去表达他对"三农"的关注；万亩蕉林引发诗人的创作激情，也不是因为它给家乡带来丰厚的经济利益，而是因为香蕉这一意象，开启了诗人的诗性空间。蕉林植根于大地，是隐匿的或被遮蔽的大地的一个显露，一个展示，借由蕉林的存在，我们可以窥视到大地存在的奥秘。请看诗人是如何描写蕉园的：他写蕉林，"蕉，朴素的孩子/一身绿色的衣衫/在茎上长出根来，安置家园/并同山峦、河流以及花朵一起/圆润了太阳月亮的线谱"（《蕉》）；他写蕉叶，"蕉叶，竖起卷曲的耳朵/以一种望月的姿态/倾听世纪的歌吟"（《蕉叶》）；他写蕉果，"形态优美的蕉果正在灌浆/吸引着春天向上生长"，"蕉果永远是照亮蕉乡日子的月亮/带着月亮的光泽"（《绿月亮》）。大地以其辽阔、厚实、富饶哺育万物，是万物的家园；太阳、月亮以其光辉照耀万物，指引万物生长的方向。蕉深深植根于大地，吸取大地的滋养，以望月的姿态向上生长，这是大地存在的敞露，是诗性的显露。他写蕉女，"美丽的蕉女走过/我嗅到一股绿色的气味/施肥护蕉的女人立于田间成一株长势良好的青绿白菜"，"在季节的边缘，蕉女丰满的乳房/挂在弯弯的蕉茎上/蕉乡的爱情便朴素地开花"（《蕉女》）。他写爱情，"华和我各自种下一株蕉/并让蕉炫耀出绿叶/华不时拨弄半遮半掩的裙裾/露出少女的羞涩/我们彼此相信/对方就在身旁/像蕉丛一样默默对视/剩下的，是两颗互相追逐的心跳"（《蕉乡，一个叫华的女孩》）。蕉女是美丽的，她的美如大地那样质朴，又如大地那样敞开、坦荡；蕉园的爱情是在劳动中建立的，是以蕉林为媒介的，是伴随着蕉林成长的，这样的爱情是那样的健康、淳朴，又是那样的青涩、美好。他写劳动，"建筑蕉园，蕉民们忙着手中农活/一任汗水不止一次漫过光洁的身躯/渗入绿意盎然的蕉苗/蕉乡，就这样用汗水和乳香/将蕉果喂甜"（《建筑蕉园》）。劳动在这里是辛劳的，却也是充满诗意的，只有通过劳动，人才能与大地建立一种活生生的关系，也只有通过劳动，大地的存在才得以显露。他写蕉乡人的生活，"一个少年左手扶锄/右手植蕉/他用整整一个上午/美好的青春时光/向蕉女传授种植香蕉的经验"，"一个诗人躲在蕉园里/……悠然写诗"，"一条在劳动后脱下的裤子/挂在蕉茎上/和蕉叶一起随风飘扬"，"一只快乐的蚂蚱/不时高声朗读田园小诗"。在大地上劳作着、思索着、恋爱着、收获着，这样的日子也许并不富足，却是自由、快乐、诗意的，一切皆因大地母亲的庇护、依托，皆因自然的恩赐。有时候人会以为要远离土地去追求所谓的理想，殊不知其实已经走在无家可归的路上。

我以为，黄潮龙的《绿月亮》的价值在于重新唤起人们对大地、劳作这些最朴素的存在的关注和敬意。

2012 年黄潮龙出版了他的第四部诗集《青春无痕》。这部诗集的大多数作品，其实是创作于 20 世纪 90 年代，其中记录的是诗人年轻时的一段爱情。用一部诗集去纪念一段恋情，足见这段感情在诗人的生命中留下了如何深刻的印痕，也足见诗人对这一段感情是如何珍爱和呵护。诗集分为三辑，第一辑"一见倾心"抒写的是对爱情的追求和希冀。在这爱的追求中，抒情主人公"我"是卑微的，而"你"是美丽而高贵的，"你"的美丽甚至让"我"受伤。"你是一朵美丽的睡莲/开在我生命必经的地方"，"你的每一次幽闭/都会让我感伤"（《你是一朵美丽的睡莲》）。"你美丽的手臂长出琥珀/如绽放花朵/成为我内心的痛。"（《人生约定》）"你"的存在，不仅给了我爱，而且点亮"我"的人生，赋予"我"存在的意义。"你灼人的冷艳/是我生命的灵光"（《你是一朵美丽的睡莲》）。"我在默默看着你化妆"，"你的每次调色/都让我看见生活延伸的明艳"（《我在默默看着你化妆》）。必须说，这种爱的表达带着浪漫主义的诗风，把女性诗化、神化，把爱情视为人生的信仰，散发着唯美的气息却又带着淡淡的忧伤，所有这些都是浪漫派爱情诗的特征。诗的第二辑"一往情深"表达热烈而甜蜜的爱情。在诗人的笔下，爱情是如此美好，连闹别扭也能体味到爱的滋味，"闹别扭是我们的权利/又是我们的自由/我们闹别扭/日子过得有滋有味"（《我们经常闹别扭》）。在热烈而缠绵的爱中，"我"甚至丧失了自我，"有你之后/我完全忘记自己/只用你证明存在"（《有你之后》）。当然，这种丧失了自我的爱情本身已经预示着危机的到来。第三辑"一梦千年"抒写的就是爱的失落的忧伤和痛苦。因为彼此隔着一段没有办法跨越的生活经历，"我们之间存在着距离/……我看不见那片真正的水域"（《距离》）、"走进落寞的秋天/渐渐淡忘的记忆/正被风撕成碎片"（《面朝大海，我濒临爱的边缘》）。

在爱情内涵的表达上，这部诗集没有提供新的探索。但这是一部内容和形式结合得很完美的诗歌，诗人用象征的意象和倾诉的笔调相结合的方法来表达他的爱情，而且，他很注意不用任何感情色彩过分强烈的意象去破坏倾诉的笔调所构建的柔和、朦胧的基本色调。在爱的初始阶段，诗人选择的是温柔的意象，带你走进纯粹、甜蜜又略带忧伤的感情领域，诗歌的节奏是柔和的，"你在等待/用带着露水的叶子深情地呼吸"（《依偎寄托的女子》）。爱的高潮的阶段，他的叙述，让你感受不到急迫的欲望的痕迹，感觉到的是心灵和肉体拥抱时的梦幻、温暖、甜美，"你是我的新娘/你走累了就停下来/我要背你一辈子/我一直没有放弃这样的祈求"（《你是我的新娘》）。爱的失落的阶段，他选择的意象和倾诉的笔调，让你感觉的不是撕心裂肺的痛苦，而是无尽的忧伤和萧索，"我还能在秋天陪你多远/当你离去之后/枯叶在秋风中飘落"（《我还能在秋天陪你多远》）。

黄潮龙把这部诗集命名为"青春无痕"，他叙述的确是青春时期的爱情，带着梦幻般的情调，是一种纯粹的柔和、纯粹的美丽。即使是悲剧的结局，也让我们感叹爱情的美丽。

二

黄潮龙是受朦胧诗的影响而走上诗歌创作道路的诗人。从艺术形式的角度来讲，朦胧诗是一次诗歌的意象化运动，它重新恢复了意象在诗歌中的基础性的地位。所以，黄潮龙的诗歌创作也非常重视意象的捕捉、创造和运用。纵观黄潮龙的整个诗歌创作历程，我们可以将他的诗歌的意象归纳为三大类：自然的意象、历史文化的意象和现实的意象。

自然的意象以大地（土地、山川河流等）为中心，包括时间意象（季节的更替）、物的意象（如贝壳、礁石等）、植物的意象（如蕉、莲、荷等）、农人的形象等，在他的诗歌中，时间的意象是隶属于大地的，就如上面所说，时间的更替、季节的轮换，都和土地、劳作联系在一起。而物的意象、植物的意象，本来就是大地的延伸，是大地精华的聚集，也是大地存在的一种显露、展示。农人的形象也和大地有着血脉的关联，不仅因为农人在大地劳作，更因为正是通过劳作，大地才展现了对万物尤其是对人的生长的滋养和哺育。

历史文化的意象在黄潮龙的诗歌中也经常出现，尤其是在《恋果》、《中国潮》中，其中有历史遗址的意象，如《西汉南越王墓博物馆》、《三元里纪念碑》

等；有文化遗产的意象，如《敦煌壁画》、《潮阳剪纸》、《潮阳英歌》等。这些作品，展现的是诗人对于历史、文化的关注和思考，尤其是对于创造历史、创造文化的劳动人民的深情的礼赞。

现实的意象在黄潮龙的诗歌中主要是指那些能够体现时代的发展变化的意象，如脚手架、音乐喷泉、打桩机等，这些意象更多的是在《中国潮》这部诗集中出现，体现的是诗人对于中国这片大地上发生的变革的敏感和关注，体现的是诗人对于创造一个新时代的人民，尤其是像打工仔、外来妹这些底层劳动者的关切和赞美。

在这三个系列的意象中，大地的意象在黄潮龙的诗歌中是主意象，对其他意象具有支撑作用。当他表现现实的意象的时候，现实的变化是与大地的支撑、与大地上的劳动者辛勤的劳作分不开的，他频频使用"脚手架"的意象，其实也就是在表达大地对于新时代的构筑关系；当他表现历史文化的意象的时候，其实也是在表达大地以及在大地上劳作的人民对于历史、对于灿烂文化的构筑关系。所以，在这里我们可以看出黄潮龙创作的思想特征，他的诗歌不是表达对形而上的思考和诘问，那种天问式的诘问或者对存在意义的焦虑；他的诗歌也不是表达对于天空或者神灵的仰望；他表达的是对于大地以及在大地上劳作的人民的关切和爱，他是一个把心贴在大地的行吟诗人，土地、山川、草木、劳作、恋爱、抗争，所有这些，汇合成黄潮龙诗歌创作的母题。

和这一创作的母题相联系，黄潮龙的诗歌有时也表达怀疑、批判和反思，但更多的时候，他与大地、现实、历史文化之间，不是紧张的对立，而是融合，是深情的歌唱。尽管有时候我们会觉得他的写作缺乏自我强有力的介入，会觉得他对人生的体察、对社会历史的表达还缺乏深度，但是另一方面，他的这种写作，追求的就不是深度而是和谐，他追求的是人与现实、历史、族群、大地的合一。

三

在创作方法上，黄潮龙作了多方面的尝试。《恋果》、《中国潮》是现实主义与现代主义的融合，基调是现实主义的，而多尝试现代主义的表现手法。他尤其喜欢学习朦胧诗，将抽象的情意具象为密集的意象，并借助通感等技巧进行组合，以表达诗人丰富、隐秘的思想感情。有些尝试无疑是成功的，而有些手法的运用显见还不成熟。比如他的《等待秋收》："等待秋收/蛙声如潮的日子丰满成粒状/不知谁唤我/漫天稻香尽成黄金"，诗人是运用通感的手法完成意象的组接，第一句用"丰满"把听觉转换成视觉，表达丰收的喜悦的心情和喧闹的氛围，是巧妙的。但第二句就失败了，"稻香"是嗅觉的，"黄金"是视觉的，中间缺乏一个有质感的动词完成从嗅觉到视觉的转换。又比如《种柑的人》，这首诗已获得许多赞赏，但我以为在意象的组接上也存在一些缺陷，"未经雕饰的鸟声/落在他的肩头/和阳光的集束一起晃动/一树树的浓荫溅湿了这个人/白色的小花从春天开到秋天"。"未经雕饰"一词用得好，写出了生机勃发的鸟声和自然，而"溅湿"是借用通感的手法，但显得突兀、生硬，和整首诗的基调不搭配。

在《绿月亮》、《青春无痕》中，总体的创作方法是浪漫主义的，但也融合了现代主义，而且，他的现代主义的表现手法更为成熟了。诗人写蕉园，写爱的世界，是把自己的想象、激情、思念、盼望、爱这些主观的情思融注其中，让它成为一个充满柔情、充满想象、充满诗意的浪漫化的世界。与这种基本态度相联系，这个时期，诗人意象的创造方法，不像创作初期，是通过创造密集的拟情化的意象去表达思想感情，而是把主观情思灌注、渗透到眼前景象和事物中，赋予眼前景物以象征意味，以精神、灵魂。比如他的《绿月亮》，"形态优美的蕉果正在灌浆/吸引着春天向上生长/风鼓起她绿色的裙子/摇动芬芳的荷香"。蕉林、蕉果都是客观的描述性的意象，但是诗人把个人的对于土地的深情渗透进去了，这样，大地上勃发的生机、生长着收获的期望，所有这些就透过眼前的意象散发出来了。再比如他的《与一株香蕉相遇》，"田野上，与一株香蕉相遇/这肯定是汗水一次最大面积的补偿/香蕉自由地开放/纯粹无比地生长/我不得不承认/孤独的头颅/正朝大地深深致敬"。同样是描述性的意象，但蕴含了丰富的意味。大地滋养一切，涵养万物，而人总是忽略了大地的存在。面对大地，人应该学会谦卑地聆听。

对于黄潮龙来说，我觉得，浪漫主义比现实主义和现代主义更适合他。现实主义的本质精神是再现和批判，现代主义的本质精神是怀疑和寻找，浪漫主义的本质精神是诗化和爱。而黄潮龙，如上所述，他的诗歌的基本主题是表达对大地的关切和爱，因而，他不是要批判和质疑这个世界，他是要浪漫化、诗化这个世界，是要学会在这个诗性的大地上栖居。

（2014 年）

小说论
Fiction

什么是小说

何谓小说？古今中外各种各样的定义有几十种，但是似乎难以找到一种令人信服的说法。法国作家阿比乐·谢括力曾这样定义小说："小说是用散文写成的具有某种长度的虚构故事。"① 这应该是得到大多数人认可的一种说法。比如英国的作家伊·鲍温也说，"小说是一篇臆造的故事"②。类似的说法还有王蒙，他说，"小说是虚拟的生活，'虚'是'虚构'，'拟'是模拟，模拟生活"③。但是，相比较前两位作家，王蒙对小说的定义只抓住了小说这一文体的一个关键词——"虚构"，忽略了另外更重要的一个关键词——"故事"。

先说"虚构"。小说家叙述的是虚构而非真实发生的生活，这已是众人皆知的事实。小说家为什么要虚构？因为日常生活本身是无序的、偶然的、碎片化的，作家不可能把碎片化的生活照搬到作品中去，他必须通过虚构，把偶然的、碎片化的生活整合成一个有意义的整体。当然，我们并不排除有些小说是以历史事件或历史人物为背景的，不排除这些真实发生的人和事在当时的主流价值观念背景下已显示了意义，但是，这样的人和事只要进入小说之中，就只是构造作品的某一元素，小说家早已根据他的思想，根据他对这些人和事的独特的理解将之剪裁、打碎重新构造出一个新的世界，人和事在小说家的叙述中已产生了新的意义。比如中国古代的历史演义就是这么一类小说。在《三国志》的叙述中，关羽不过是一员普通的猛将，而到了《三国演义》，关羽不仅勇猛过人，而且成为"义"的化身了。据《三国志》记述，关羽是被曹操擒获的，而在罗贯中的叙述中，关羽委身曹营，是为了保护刘备的妻子家眷；历史上在华容道拦截曹操的是刘备，罗贯中却安排关羽华容放曹；历史上关羽是诈降孙权，然后从偏门出逃被

---

① 转引自福斯特著，苏炳文译：《小说面面观》，广州：花城出版社1994年版，第3页。
② 转引自徐岱：《小说形态学》，杭州：杭州大学出版社1992年版，第46页。
③ 王蒙：《漫话小说创作》，上海：上海文艺出版社1983年版，第78页。

吕蒙识破，在小说中却被改写为关羽凛然拒降。经过罗贯中的改写，关羽义薄云天的形象已跃然纸上。所以，一般来说，小说家不会把真人真事照搬到小说中，如果小说家不在虚构中展现他对于这个世界的独特的理解，如果他的写作仅仅是对生活的模仿，那么，小说家存在的意义就很可疑了。所以，对于小说而言，虚构很重要，虚构不仅是小说区别于其他文体（比如散文）的重要标识，而且是作家完成对这个世界的意义建构的必然渠道。

在小说中，人物、情节、环境当然都是虚构的，不仅如此，叙述人也是虚构的——叙述者不能混同于作者。布斯就说过，"一部小说的故事虽然通常必须由一位作者来叙述，但这位作者与我们通过其生平与经历所了解的那个人并非是完全同一，同时，在这种情况下把这位作者称为'叙述者'更为确切"①。事实上，许多时候，小说家会有意无意地虚构一位与自己或与社会主流价值观不尽相同的叙述者，使小说出现巴赫金所说的"对话"或者"独特的多声现象"。比如，茹志鹃写《百合花》，就选择了一个大姐式的文工队员"我"作为小说的叙述者，这种选择本身是非常有意味的，"我"对小通讯员命运的关切的眼光和富于人性化的叙述语调让小说笼罩着淡淡的感伤的情调，这感伤情调的背后，隐藏的是叙述者对一个年轻的、美好的生命遭到残酷战争摧毁的缅怀。假如说小说的主要情节所展现的军民在战争中结下的深厚情谊和英雄主义的精神是小说的主旋律的话，那么，叙述者传递的对个体生命的感伤和缅怀就是小说中的另一种声音。这两种声音，前者是符合当时的主流价值观的声音，后者是被时代排斥却富于人性色彩、富于文学魅力的声音。不管是有意还是无意，作家所虚构的叙述者，赋予了《百合花》超越那个时代的文学品质。

所以，我们说虚构是小说区别于其他文体的重要表征，这虚构包括叙述者的虚构——诗歌、散文也有一个叙述者，而这个叙述者必定是作家本人；我们说作家是通过虚构完成对这个世界的意义建构的，叙述者的虚构也参与到作家的意义建构之中。

再说"故事"。福斯特曾说过："故事是小说的基本面，没有故事就没有成为小说了。可见故事是一切小说不可或缺的最高因素。"② 但是，在当代，把故事视为小说具有的本质性特征，曾经被怀疑过。比如在意识流的小说中，人们看

---

① 转引自王逢振等编：《最新西方文论选》，桂林：漓江出版社1991年版，第39页。

② ［英］福斯特著，苏炳文译：《小说面面观》，广州：花城出版社1994年版，第23~24页。

到，人物的心理活动的描写已取代人物的外在行动占据中心地位，故事似乎只剩下框架。在一些后现代小说中，故事仍然存在，但故事的核心因素——因果链条断裂了，故事似乎变成一个空壳。

事实上，如果稍作分析，人们怀疑的，主要不是故事在小说形式建构上的地位和作用，而是故事在意义建构上的作用。我们不能想象小说如果离开故事，人物的行动和心理将如何展开？小说家又依托什么去表达他对于现实人生的思考和认识？但是，故事又显然不是小说成败的决定因素，一个在形式上看起来很完美的故事并不能成就一篇好小说，我们不能说故事越精彩，情节越曲折，小说就越优秀，换句话说，故事性并不能决定文学性。所以，在肯定"故事是小说的基本面"之后，福斯特又说："故事叙述的是时间生活，但小说呢——如果是好小说——则同时包含价值生活。"①这就是说，故事的形式因素固然重要，而更重要的是故事的内核即包含的价值生活。是不是一个好的故事，取决于故事的价值指向和价值内涵。

故事的价值内涵应该体现在哪里？每一个作家的理解和定位是不一样的。在这一方面，我非常赞同昆德拉的观点，他曾经这样谈过小说的价值，"小说的存在理由是要永恒地照亮'生活世界'，保护我们不至于坠入'对存在的遗忘'"②。"对存在的遗忘"是海德格尔提出来的，在他看来，存在问题由古希腊提出后，便一直处于被遮蔽的状态。在现代，社会的飞速发展，人的存在更是沦为政治、技术、经济等力量的附庸，存在沉沦了，被遗忘了。昆德拉显然同海德格尔一样感受到现代社会存在的危机，在他看来，文学的使命就是唤起人们对存在的关注和探究，"小说家既非历史学家，又非预言家：他是存在的探究者"③。而事实上，存在的问题不只是在现代才出现的，在人类发展的每一个阶段，存在都面临危机和问题，只不过在不同的发展阶段和不同的社会环境中，人的存在所面临的问题不尽相同而已。文学史上那些优秀的小说家，都能够通过讲述一个个故事，呈现和思考在他们那个时代存在的困境，展现人在困境中的挣扎和追求。卡夫卡在《变形记》中通过讲述小公务员格里高尔的悲剧人生，揭示了在激烈的社会竞争中人的沉沦，人的被遗弃。而托尔斯泰在《安娜·卡列尼娜》中讲述了安娜追求真挚爱情的绝望，揭示的同样是人的被遗弃，只不过在托尔斯泰那

① ［英］福斯特著，苏炳文译：《小说面面观》，广州：花城出版社 1994 年版，第 23～24 页。
② ［法］米兰·昆德拉著，董强译：《小说的艺术》，上海：上海译文出版社 2012 年版，第 19、56 页。
③ ［法］米兰·昆德拉著，董强译：《小说的艺术》，上海：上海译文出版社 2012 年版，第 19、56 页。

里，遮蔽存在的不是物化的人际关系，而是贵族社会陈腐的社会秩序和虚伪的道德观念。

当然，也有作家把故事的价值指向定位在记录历史上。巴尔扎克就自称要充当法兰西历史的书记官。中国当代许多作家的写作，尤其是长篇小说的创作，都企图表现社会发展规律或时代的本质，其实就是自觉或不自觉地把小说的价值指向定位在表现历史上。一般地说，企图表达历史的写作，故事的讲述会展开两条线索——社会发展的线索和人物命运的线索，而人物命运的线索的展开常常让位于社会发展的线索，这是这类小说失败的主要原因。梁斌创作《红旗谱》，为了记录二三十年代发生在冀中平原农村和城市的革命运动，在情节设计上不仅安排了发生在农村的"反割头税斗争"，还叙述了发生在城市的"二师学潮"，这样的叙述照顾了历史的完整性，但我们看到作为小说主人公的农民英雄朱老忠，因为在城市学潮中难以参与其中，在小说的后半部分基本上难觅其踪影，小说的情节推进也因此呈现脱节、分裂的状态。《白鹿原》前后部分的脱节，根本原因也在于陈忠实不是基于主要人物的命运遭际，而是基于社会历史的变迁结构情节。有一些评论者把这两部小说后半部分的枯燥乏味归咎于作家的文气不足，其实根本原因是作者的聚焦点总是由人物转移到历史上。不是说小说不能表现历史，但历史在小说中只能作为人存在的背景展开。

也有一些作家把故事的价值指向定位在某种政治观念、道德观念或者哲学观念的表达上。在思想禁锢的年代，作家的写作会自觉或不自觉地屈服于主流意识形态。这一类小说的生存本相会被湮灭在政治观念的表达上，作家并不是赤忱地面对人生世相，不是真诚地关怀人的存在，他只不过是编造一个故事宣扬某种政治理念。也有一类作家，他的确在直面和关切存在的困境，但是，他的写作总是囿于某种道德观念，当他抱着这种观念写作的时候，他就很容易在展现人与人、人与社会的矛盾中达成妥协。这样的写作，最终呈现在我们面前的，往往就是一个大团圆的，然而缺乏人性力量的故事。假如托尔斯泰创作《安娜·卡列尼娜》时，让安娜屈服于上流社会的道德观念，最终投入卡列宁的怀抱，那么，我们就看不到那一个充溢着生命活力的美的形象了，而存在的湮灭主题的表达就不那么深刻了。

小说家不是历史学家、政治家、道德家，也不是哲学家。小说家站立的应该是人本的立场。小说家编织故事，故事的价值指向应该是存在的困境。一个好的故事，不是取决于故事的形式有多完美，而是取决于故事的价值内核，取决于小说家对存在的困境的表达是否深刻和独特。

所以，什么是小说？我以为合适的答案是将谢括力和昆德拉的定义综合在一起：小说是通过虚构的故事表达对存在的关注和思考。

（2004 年）

重读旧作二篇

《蝴蝶》：我是谁？

对于 20 世纪 50 年代成长起来的那一代作家来说，大多数人的创作似乎已难以脱离社会政治的母题了。一方面是"文学为政治服务"的观念已根深蒂固，另一方面，世代承传下来的"士"的忧患意识和 20 世纪 50 年代集体主义精神的浸淫，培养了他们强烈的社会责任感，他们的创作，总要情不自禁地去揭示现实、干预生活。我想，这代作家的优势和局限也许就在这里；他们的文学是生长在丰厚的生活土壤上的，但对社会政治的格外关注又使他们常常忽略了"文学是人学"的题中应有之义。

当然，也有例外。王蒙的创作就是从社会历史和人生的双重视角去观照、表现生活的。比起同时代的作家，他的小说让人领略到更多的生命启示，更丰富的人生感受。比如《蝴蝶》，评论界习惯于把这篇小说当作"反思文学"的代表作，但是，假如从反思历史的角度去看，小说并未包含深刻的社会内涵。反官僚主义的主题在当时的创作中并不新鲜，而且，把一场民族的劫难归咎于干群关系的变异也似乎并不深刻。阅读这篇小说，我更感兴趣的是，张思远内心缠绕着的那种"蝴蝶"情结——一种自我迷失感。在大起大落的命运浮沉中，张思远产生了对自我莫名的困惑：他不清楚那个坐在吉普车的张副部长和那个背着羊粪的老张头是不是一个人？"他是'老张头'却突然变成张副部长吗？……抑或他既不是张部长也不是老张头，而只是张思远自己？除去了张副部长和老张头，张思远三个字又余下了多少东西呢？"张思远不能确切地把握自我，这使他常常陷入惶惑不安的情绪状态之中。这种自我迷失，正如有的论者所指出，源于张思远对位置的一种盲目痴迷：他把位置看得比人更为重要；当他当上了张书记或张市长时，他便把原来的张思远遗忘了。但是另一方面，王蒙也揭示了导致自我迷失的盲目的、不容抗拗的社会力量，比如那种异常的政治生活，大起大落的位置变化，不就给人一种变幻不定的无常感？比如那种高高在上的领导者的地位，那种在此位置必须具备的角色意识，那些必要的不必要的应酬，所有这些，不正使张思远有一种灵魂被分离的感觉？不正悄悄地改变、湮没那个原来的张思远？张思远的这种生存状况使我想起海德格尔的"存在被遗忘"：在现代，人是处于各种力量（技术的、政治的、社会的）包围之中，并被各种力量所超越、占有，相对这些力量来说，人的存在已不重要，他总是先被遗忘。我想，王蒙在这里揭示的正是自我被政治挤压、异化而沦丧、迷失的生存状况。

昆德拉说过："所有时代所有小说都关注自我这个谜。"① 其实并不只是小说，所有文学都是如此。正是这个意义上，"我是谁？"便是一个古老而永恒的文学命题。《蝴蝶》是接触到这一命题的，这或许也正是王蒙的优势，他常常能在探究社会历史的同时，审视自身存在。遗憾的是，他这一代作家强烈的社会责任感常使他对社会历史的关注超过对生存自身的关注。在《蝴蝶》中，历史反思和人生反思的主题就并不是处在同等地位。请看小说结尾的一段心理描写：

> 他伸了一个懒腰，点起一支烟，吸了几口就掐灭了，他不是诗人，他没有时间抒情、缅怀和遐想，他必须像牛一样地、像拖拉机一样地工作……他换上睡衣和拖鞋，拿起剃须刀架……把胡须剃了个干干净净，所有的愁雾都吞咽到肚子里面而面孔在两盏灯的交映下容光焕发……他好好地洗了个澡，把一切不必要的，多余的负担都洗掉了……他站起来，洗过澡以后的人轻盈得就像蝴蝶。

张思远不再惶惑了，他已经找到了他曾丢失的，作为一个革命干部的灵魂——与人民的血肉联系，那么，作为张思远自我的灵魂呢？那个始终萦绕着的"我是谁"的问题呢？在张思远看来，似乎不过是多余的负担，他实在没有时间去"抒情、缅怀和遐想"。我想，这是不是也是作家潜在创作心态的流露呢？在王蒙看来，他已完成了对历史的探究，至于对存在自身的审视，本来就不是他所要关注的重心：在这里，社会政治的主题是压倒了人生的主题。王蒙虽然触及人的主题，但没有作深入的挖掘，这多少削弱了作品的深度和审美价值。

并不是说，作家不应该关注社会政治。但是，在我看来，作家应该超越（而

---

① ［法］米兰·昆德拉著，孟湄译：《小说的艺术》，北京：生活·读书·新知三联书店1992年版。

不是远离或抛弃）政治、经济、道德等诸多现实层面，站在更高的层次审视生命、审视人的存在。作家应该具有一种现实关怀的责任感，更应该具备一种终极关怀的意识。

《无主题变奏》：逃避自我

徐星的《无主题变奏》曾在 1985 年的文坛引发过一阵沸沸扬扬的讨论，通常人们认为，小说表现的对自我的寻找和追求——似乎也是"现代派"文学的母题。但我认为，这篇小说表现的恰恰不是对自我的追求，而是对自我的逃避。

小说确实表露了"我"寻求自我的意向。他嘲笑了传统东西，嘲笑崇高严肃，嘲笑功名学问，嘲笑道德常规。他嘲笑流行的东西，嘲笑附庸风雅，嘲笑低级庸俗。于是"我"实际上是站立在一片价值废墟上：抛弃传统，蔑视世俗，那么，到底自己所要追求的是什么呢？主人公有一句独白："我搞不清除了我现在的一切以外，我还应该要什么，我是什么？更要命的是我不等待什么。"这句话已表达了"我"对于自身追求的焦虑，因为，"我"非常清楚一个人必须有对象，只有有了对象，才能从对象中确认自我。如果没有对象，那么接踵而至的更为恼人的问题是："我是什么？"小说自始至终，我们可以感受到纠缠主人公的是一种对于生命意义的焦虑和由此滋生的孤独茫然情绪体验。

其实，"我"所面临的也是每个现代人所要面临的。现代人从传统、从群体中挣脱出来，一方面，"这是日益增长力量与统一的过程……在另一方面，这种日益个人化的过程，却意味着日渐的孤独，不安全，和日益怀疑他在宇宙中的地位，生命的意义……"① 一个人叛离了群体，获得自由，但也意味着他是孤独的、隔离的，受到来自各方面的威胁。一个人叛离了传统，同时也意味着他必然失去原有赋予他的生活意义，他必须去寻找新的生活目标。因此，自由并不仅仅意味着一种解脱，也是一种责任，一种负担，一种对于人的精神折磨。要解除这种精神折磨，按照弗洛姆的看法，不外乎两种途径，一是通过创造性劳动和爱将自我重新与这个世界连接在一起，另一种就是放弃自我，把自我交给别人支配，从而逃避自由，逃避自由带来的责任和烦恼。在《无主题变奏》中我们可以看到"我"面对人生困境的时候，采取的是后一种策略，请看主人公的几段独白：

① ［美］E. 佛洛姆著：《逃避自由》，北京：北方文艺出版社 1987 年版。

　　我真正喜欢的是我的工作，也就是说喜欢在我谋生的那家饭店紧紧张张地干活儿，我愿意让那帮来自世界各地的男男女女吩咐我干这干那，由此我感觉到这个世界还有点儿需要我，因此我感觉到自己还有点儿价值，同时我把自己交给别人觉得真是轻松，我不必想我该干什么，我不必决定什么。

　　我倒是希望能在女人的温存里休息上他一辈子，我除了头不疲倦，哪都不行了。

　　我去了那儿（注：精神病院）就太棒了，什么也不用负责，除了听见摇铃就去吃饭以外整天可以憨不拉几地摸着肚子晒太阳。

　　我觉得，"我"的言行实际上就是弗洛姆提出的舍弃自由的哲学命题的绝好注脚。"我"喜欢工作，不是为了通过创造性的劳动去体现、确认自我；相反，是为了让别人支配自我，借以逃避自由带来的责任和烦恼。同样，"我"追求爱，也是为了把自己交给别人，以消除内心的孤独和焦虑。但是这种逃避自我所得到的安全感是脆弱的，因为它是以交出个性作为代价，而缺乏独立性，会愈发使人对自我感到焦虑和惶惑。在小说中，"我"不就始终处在搞不清"我还应该要什么"、"我是什么"的焦虑和茫然的情绪状态中么？

　　背叛传统、背叛群体并不困难，困难的是如何担当自我。

（1998 年）

评张一弓的小说创作

张一弓，1934 年生于河南省开封市，1950 年高中肄业，先后做过两家报社的记者、编辑。1959 年开始文学创作，但因血统问题受累，直到 1980 年才重返文坛。在探讨张一弓小说创作的时候，我们必须注意这位作家赖以生长的文化环境和他作为一名记者的特殊身份。张一弓属于五六十年代成长起来，而后又经历了"文革"严酷考验的一代人。民族文化传统的熏陶和社会主义教育铸就了这一代人强烈的社会责任感和高度的政治热情，而记者的特殊生涯又强化和培养了他参与社会政治的意识和对于社会变动的敏锐感受力。他的大多数作品，包括重返文坛后一鸣惊人的《犯人李铜钟的故事》及以后陆续发表的《赵镢头的遗嘱》、《张铁匠的罗曼史》、《山村诗人》、《流泪的红蜡烛》等，都是专注于政治变幻对农民历史命运的制约以及新政策的实施所带来的农村社会变动。农民所走过的坎坷曲折的道路和正在走的路，他们在大转变时期的新的历史追求，始终是张一弓关注和表现的主题。

真实地记录并反思中国当代农民的历史命运，是张一弓小说创作的一大主题意向。他新时期初试锋芒的《犯人李铜钟的故事》就是"反思文学"中一幅严峻而悲壮的图画。小说截取的是 1960 年河南农村大春荒这段严酷的史实："大跃进"的季家寨，上交粮食几百万斤，接着"反瞒产"又上缴了十万斤，只好吃榆树皮，还要大喊"反右倾可以反出粮食"，致使农村断粮七天，全村"四百九十多口人，就有四百九十多的浮肿病号，有百十口人已经挺在床上不会动弹了"。透过这幅悲惨的历史图景，我们能够看到这场灾难的主要历史原因已不是天灾，而是"大跃进"、"反瞒产"这样的极"左"思潮。在这里我们必须佩服作者惊人的胆识，是他率先揭开了当代史上曾经讳莫如深的一页，把这样一幕充满了饥饿和死亡，更充满了沉痛的历史教训的历史悲剧展现在读者面前。当然，这篇小说的价值不仅在于题材的"爆炸性"及主题的深刻性，也在于他塑造了一个普罗米修斯式的殉道者形象——李铜钟。在全村社员与自己的生命、人民利益与现行政策、法律的对立之间，他毫不犹豫地选择了前者。这种置个人生死荣辱于度外的无畏精神和牺牲精神，在那一幅浓重黑色的画面上，折射出熠熠的光华。既揭示了"伤痕"，又写出对"伤痕"的反思；既写出悲剧，又揭示了与悲剧抗争的力量，在"伤痕文学"还大行其道的时候，这确是一种突破。

《犯人李铜钟的故事》通过一桩历史的横断面再现和反思了中国农民在一个特定时期中的不幸命运。另外两部中篇小说《张铁匠的罗曼史》和《山村诗人》，则跨越长达二十几年的时空，将一对普通农民夫妇的罗曼史，一个带点癖好的山村文化人的命运遭际，置于整个当代中国社会历史进程之中，从中寻求农民命运兴衰荣辱的政治依据。当然，现在看起来，这种政治和命运双轨并行的构思方法，正如有的论者所说，是缺乏新意的落俗之笔。

张一弓不仅以深沉的眼光去审视农民的历史命运，还以一位记者的敏锐和热情，感受着历史转折时期农村的新问题新矛盾，农民心理变动的新信息。《赵镢头的遗嘱》通过新时期农村改革者赵镢头的悲剧命运，反映了处在历史转变时期我国社会变革与守旧、进步与落后的势力和思想之间尖锐的对立状态。《流泪的红蜡烛》从一个阔绰而荒谬的婚姻的破灭，揭示了农村实行责任制之后经济上的富足化趋势与精神上荒谬贫困的现状之间的矛盾，发现了农民对正常感情生活与自由婚姻爱情的要求。特别要提及的是张一弓1985年发表的《流星在寻找失去的轨迹》。曾经因为贫穷而饱受屈辱的宋福旺，在成为全县屈指可数的富户之后，却被"一种说不明的烦恼困扰着"。当别人喊他"疤拉哥"时，辛酸的过去便回到他的心里。26年前的宋福旺，因为与饥饿的心上人偷玉米而被人抓住，福旺因此被他爹痛打一顿，额头上留下了长条状的疤痕。这伤疤是贫穷的岁月留给他的屈辱的印记。也许正是这种屈辱的印记，使后来的宋福旺为了出人头地而"不干不净地大把抓钱"，但心地善良又使他时刻承受着良心的谴责，"急头怪脑地用金钱赎回自己"，他想冲刷自己身上的肮脏和屈辱，却不料在现实中扮演了"三花脸"的角色。就这样，良知与邪念、自尊和自卑在他的内心周而复始地冲突着，人物也在这种冲突中反省，寻求失落的自我。张一弓在这里通过对一个农民企业家内心世界的挖掘，传达了农民对人格备受凌辱的痛苦体验，以及物质富裕之后恢复人格尊严、完善自我的精神追求。他的小说，大都有着追求情节的独异性、戏剧性，而忽视对人物内心世界的挖掘的弊病，但这篇小说却具有相当的人性深度。

张一弓的小说创作确实是以对现实生活的投入和敏感为其特色的，而历史和现实相互交织的眼光又使他对社会生活的把握具有一定的深度。但如果仅仅停留在这个层面上，张一弓的创作恐怕很难在新时期文坛上独树一帜：论其对农村变动的敏感，他似乎还不及何士光；论其把握农村生活的深度，他又似乎不及高晓声。事实上，张一弓对新时期文学的更大贡献和他的作品独特的精神印记，应该是体现在另一方面，即他创造的英雄人物谱系上。张一弓是善于塑造具有英雄品格的人物形象的，他笔下的许多人物，如李铜钟、赵镢头、张铁匠、郭亮、猎人等，都闪耀着铁骨铮铮的亮光。这些英雄形象，同十七年文学中的梁生宝、肖长春是不相同的，梁生宝更主要的是代表着一种先进的政治力量，在他们的人格结构中，居于支配地位的是一种政治觉悟，而在李铜钟们的性格结构中，居于中心位置的是同人民群众的血肉联系。张一弓让他们施展着兼济天下的抱负，履行着为民除害的职责。在他们的身上，生命的价值得到确认，人性的尊严得到维护，张一弓内心的英雄冲动也得以宣泄。事实上，即使是平凡的人物，张一弓也常常赋予他们一种强者的气质和风度。身上仅有几元钱的黑娃，却敢于照一张令乡下人叹为观止的穿西服打领带的彩照（《黑娃照相》）；李麦收强咽下自己的痛苦，决然让"科研户"带走他花大钱娶来的新媳妇（《流泪的红蜡烛》）；春妞为了争取做人的权利，连续驱车四千多公里（《春妞儿和她的小嘎斯》）。这些人物形象都凝聚了张一弓的人格理想，体现了张一弓独特的心理气质：在张一弓的内心深处，似乎有一种与英雄与崇高相亲近的渴望和期待，似乎总是缠绕着一种不甘沉沦、不甘平庸的英雄主义情结，这种英雄主义情结，正是张一弓小说有别于表现同类题材的作家的独特精神印记。

由于张一弓所写的大都是英雄人物，他的作品往往带有某种通俗性、传奇性的特点。情节大起大落，感情跌宕多姿，叙述语言也常流露出一种夸饰的色彩。这使作品具有一种宏大的气势和较强的感染力。当然这种艺术追求也必然会带来某些缺憾：如过分偏爱事件的独异和情节的戏剧性，有时会损害了人物和事件的真实性，也会妨碍对人物内心世界作更深刻的挖掘和透视。每一位作家总在建构自己艺术个性的同时，圈定了自己的局限。

（1994 年）

评张弦的小说创作

张弦是新时期文坛上一位擅长写爱情婚姻题材的中年作家。他的爱情故事没有浪漫艳丽的色彩，而是严肃朴实的。他似乎不太喜欢也不太善于描写那种细腻微妙、缠绵悱恻的感情纠葛。他的兴趣和能耐体现在另一方面：试图通过每一个善良又是不幸者的命运，揭示隐藏在婚姻爱情问题上的更为深广的历史的和现实的社会生活内容。他的小说很难说有多么深刻的生命体验和人性深度，但与同类作品相比无疑又有更为深刻的思想意蕴和更丰厚的社会内涵。

爱情这一人类生活的花朵，在张弦的笔下并没有闪烁着那种理想主义的绚烂色彩，相反，它常是受到社会历史中政治、经济、伦理道德等诸种因素的制约而只能以一种缺憾的形式存在。小说《被爱情遗忘的角落》，展示了菱花一家母女两代人不同历史时期的爱情遭遇。母亲菱花当年曾是封建包办婚姻的坚决的反抗者，她抛弃了与杂货铺小老板的原有婚约，嫁给了憨厚、英俊的庄稼汉沈山旺。而20年后却为了"五百块钱加十六套衣裳"逼着女儿走自己曾经否定的道路。大女儿存妮在青春旺盛的年龄，却不知爱情为何物，结果为了一种蒙昧原始的冲动付出了生命的代价。二女儿荒妹由于姐姐的惨死，对爱情滋生了一种恐惧的心理。这一悲剧的根源就在于极"左"思潮带来的山乡的贫穷。因为穷，便生出愚昧，因为穷，婚姻嫁娶首先考虑的是经济条件。物质生活的贫困，使她们遗忘了爱情，也被爱情遗忘。

在《被爱情遗忘的角落》中，生活经历了一个圆的循环。在《挣不断的红丝线》中，傅玉洁的生命轨迹也是一个令人心酸的圆的循环。傅玉洁是一个知识女性。她以"我要走自己的路"为宣言，追求一种和谐高雅的爱情生活。在战争年代，她拒绝了"摊派"式的爱情，没有嫁给齐副师长。但是，二十多年以后，坎坷的、备受凌辱的命运遭际使她变得实际了，在当初的女伴、今日的贵妇人马秀华的引诱下，重新投到了自己并不爱恋的齐副师长的怀抱。应该说，制约着傅玉洁的选择的，既有经济因素，更有政治生活的逼迫。一次又一次的政治运动，使傅玉洁备受折磨，被抛入社会最底层。她的心变得异常脆弱，已经受不住再次的打击。一切使她渴求一个"安宁的归宿"。那一根挣不断的红丝线是什么？是缘分？不！是经济，是政治，是经济和政治合成的物质力量。

张弦对生活的揭示和剖析是深刻的，他不但看到了现实中政治、经济这些物质力量对人们的牵制，还把笔触伸向历史深处，揭示几千年封建社会所形成的伦理观念像一根无形的绳索束缚着今天人们的头脑：市委书记遗孀周良惠爱上了命运不济时曾给她温暖和慰藉的送信人，立刻遭到众人舆论的攻击。她的同事嘲笑她，领导和儿女们警告她，甚至她未来的婆婆也隐约向她暗示：她不愿意让儿子娶一个寡妇！这一切使周良惠陷入茫然惶惑之中·（《未亡人》）。农村姑娘孟莲莲和同村青年姚敏生恋爱，并竭力支持姚敏生上大学，而姚敏生进城之后却抛弃了孟莲莲。孟莲莲明知道姚敏生不爱自己，却苦苦乞求他。孟莲莲为什么要苦苦恳求姚敏生，深层的动因是"已经……是他的人了！"（《银杏树》）在这里，我们看到了那几千年形成的封建伦理观念是如何普遍地积淀在今天人们的头脑之中，它就像一株古老的银杏树，"世界上任何地方都绝迹了，只有在我国保存着"。它似乎是难以割断的，是编织得密密匝匝的"挣不断的红丝线"。

这就是张弦笔下的婚姻爱情。他不写理想王国和梦境，而是角落和世俗。并不是他不承认人世间幸福的婚姻爱情的存在，他只想告诉人们，圆满的生活和爱情，人们的理想和追求往往会受到现实诸种因素的制约。我们当然可以希望作者让他的作品多一点亮色，但他对现实的揭露和忧虑不同样对我们有很大的启发么？

张弦说过："我努力追求的只是真实地再现生活，比生活本身再真实地再现生活。这种真实的再现，是以一种整体性的眼光去把握现实。"对于生活现象，他不是怀着一种个人的成见去进行削足适履的加工，而是严格以现实主义的笔端去对待纷纭复杂、新旧交替的现实生活，力求把事物互相联系、互为因果的各个方面都裸露出来，如描写人物，他也能以一种整体性的眼光去把握。他笔下的人物，特别是那一群善良而不幸的女性，她们的身上既有着美好的品质和亮色，也都不同程度地存在着执迷不悟和软弱的弱点。而且，在她们身上，那些美好和丑陋的东西常是缠绕、交织在一起的，有时是很难分辨挑明的。存妮和荒妹是这样，周良惠和傅玉洁也是这样。特别是孟莲莲。孟莲莲是善良和痴情的，她心地善良，善良得甚至有点软弱，当姚敏生抛弃她，她连告发的勇气也没有；孟莲莲是痴情的，而这种痴情又夹杂着某种程度的愚昧，当姚敏生为了自己的前途不得不与她组合成一个貌合神离的家庭之后，她竟然满足和陶醉于这种虚幻的形式。这又是怎样的不觉悟啊！总之，作者在描写生活描写人物的时候，似乎并不着意去歌颂什么，暴露什么。甚至有时作家在纷纭复杂的生活面前也流露出难以把握的困惑，他在《银杏树》中有这么一段话："在你的思想理论的武器库里，有什么样的利剑能挑开缀着金丝银丝的纱幕，解剖这新旧交替，美丑交织的现实生活呢？"这种感慨，既是常雁的，也是作者的。这样说，并不意味着张弦对生活缺乏深刻的认识，恰恰相反，正因为他能深深地沉入人境之中，才能感受到生活本身的纷纭复杂。而他的创作，一个非常可贵的地方，就是能够如实地再现生活的原生态。

张弦的创作也有局限。有时，由于过分追求情节的完整，作品便不可避免地留下人工穿凿的痕迹。另外，喜欢抒情和议论，也在一定程度上破坏了整体冷峻、平实的艺术氛围。

（1994 年）

评何士光的小说创作

何士光，贵州省贵阳市人。1942 年生，1964 年毕业于贵州大学中文系。1977 年开始发表文学作品。主要作品有短篇小说集《故乡事》，中篇小说集《梨花屯客店一夜》以及中篇小说《远行》、《苦寒行》和长篇小说《似水流年》等。

在小说《乡场上》发表之前，人们对何士光还是很陌生的。1980 年他的小说《乡场上》发表，使何士光在文坛上声名大振。《乡场上》是一篇较早反映党的十一届三中全会以来农村发生深刻变革的短篇小说。初看起来，小说似乎是平淡无奇的，他写的是在农村中司空见惯的邻里纠纷：乡场上"贵妇人"罗二娘和穷教书匠任老大妻子因孩子争吵起来，被大队书记曹福贵传来作为证人的冯幺爸却躲躲闪闪不敢说出实情。小说就是从这样一件小事写起，通过冯幺爸在这场纠纷中激烈的思想斗争，由不敢作证到毅然表态的过程的描写，揭示了潜藏于中的深刻时代内涵：冯幺爸之所以有沉重的精神负担，连说句公道话都顾虑重重，是因为在过去漫长的岁月中，他的政治经济命运操纵在诸如曹福贵、罗二娘等少数拥有特权的人手上，长期的这种依附地位培养了冯幺爸的怯弱的人格。那么又是什么使冯幺爸后来胆大气壮，挺直了腰杆？冯幺爸本人的话是最好的回答："老子前几年人不人鬼不鬼的，气算是受够了！——幸得好，国家这几年放开了我们的手脚，哪个敢跟我骂一句，我今天就不客气！"农村实行承包责任制之后，农民再也无须依赖单一僵化的经济体制，得以摆脱那些仗势欺人的掌权者，这正是冯幺爸由沉默而爆发的主要原因。在这里，作者敏锐地抓住新旧交替这一生活转机，写出了农民在由穷变富的过程中，他们精神的觉醒和人的尊严的复归。

在何士光此后的创作中，我们注意到，他似乎特别醉心于大变革时代不断出现的新现象、新事物，他常常是以"生活的转机"作为母题构思作品，揭示出当代农村变革后新的社会矛盾、发展趋势以及处于大转变时期农民们的愿望和欲求。从这里我们可以看到何士光与张一弓的小说在主题意向上是大致相同的。问题在于他不像张一弓那样去选择爆炸性的题材，去描写惊天动地的社会事件，他也无意去编织跌宕起伏的故事情节。他总是在别人不在意的地方，在平淡无奇甚至庸俗琐碎的生活中挖掘。惠的一丝喜悦，他能从中写出时代的变化和人的精神的变化（《喜悦》）；插秧前的一场酒席，他能写出农村承包后各自的前嫌积怨的冰消雪融（《将进酒》）；刘三老汉种一片苞谷的过程，他写出新政策对生产力的解放，写出一个老人坚忍顽强的生命力（《种苞谷的老人》）。我们不能不叹服作者，他就是这样以一种敏感且细腻的笔触，让平淡无奇的生活透露出社会变动的信息，让隐藏于大山褶皱里的偏僻的山乡传达出历史前进的脚步声。

但是，我们又必须指出，这些小说在把握生活上的缺憾：仅仅是从社会政治的层次去审视生活的变化发展，而缺乏一种深邃的历史眼光，一种历史的纵深感。也许是意识到这一点吧，何士光后期创作的《运行》、《寒露行》，对生活的把握比以前严峻深沉得多。特别是《寒露行》，小说为我们塑造了一个变革时期农村"多余者"形象——朱老大。朱老大自小在心理深处存在一种与那个贫穷而毫无生气的小农家庭相抵触的情绪，常从养育过他的那间破厢房里出走。但在改革开放的新形势下，朱老大没有由那种对传统的叛逆成长为一个农村改革的新人，他只不过是穿上一件新潮的服装，在骨子里仍然积淀着父辈那种愚昧、虚荣、目光短浅的小农意识。何士光通过这个形象的塑造，传达出一种对于现实的忧虑：政治的变革并不能救助一切的人，绵延数千年的小农经济所派生的一切对人们生活和精神的束缚是根深蒂固的。小说一反作者以前那种单纯、明朗的格调，而显示出一种深沉的历史感和强烈的忧患意识。

何士光对生活敏锐而细腻的把握，常为论者所称道。但人们往往忽略了他作品中那种可贵的生命意识。他的小说描写的大都是极为普通的人，他们像小草、像树木、像土地一样无声无息地生存着。他们的生存方式是那样古朴落后，他们的日子又是那样的琐碎艰辛。但正是在这些人身上，我们常常能感受到那种生命的美丽和光辉。比如那位不着一语的刘三老汉，他那山林一样无声而长久的一生和临逝前惊人的创举，使我们体味到生命那亘古如斯的坚韧和顽强，而这不正是自然的一种伟力么？又比如作者笔下一系列女性形象，诸如罗桂芳（《田老幺夫妇的家庭生活》）、小萍（《草青青》）、惠（《喜悦》）等。在她们身上，我们能感受到"心底清明如水，没有一丝矫饰"的自然纯朴之美，感受到生命本来的天然生动的形态。就如小萍，那一个美丽的乡村姑娘，当她的眼睛闪着清明动人的光亮望着你的时候，当她从不设防地、坦荡荡地面对着你的时候，当她十分孩子气地兀自微笑或皱眉头的时候，你不能不同作者一样感慨："生命的光辉真是一种无与伦比的光辉，人世的偏远又何妨？如晦的风雨又何妨？只要它的足迹所到，无处不变得一片明亮！""一颗星就有一颗星的星光"，何士光所挖掘的所赞叹的就是普通人身上的生命之光，那种自然、天真、淳朴的本色美。在他的作品中，艰辛苦难的生活会因这生命的亮丽而散发出温馨的情调。而读着这些小说，我们也会油然生发出一种高尚的情感。

何士光的作品不多，但它们如同空谷幽兰，如同路旁野菊，清新、素雅，散发着诱人的幽香。

（1994 年）

论苏童的新历史小说

甲：不知道你有没有注意到，近年小说界正出现一种耐人寻味的现象；一大批青年作家纷纷走向历史，以罕见的玄思冥想的天赋去表现他们实际并未经历、体验过的历史生活。这类小说，是不是可以看作是"寻根文学"的延续和发展呢？

乙：你大概是指周梅森、叶兆言、苏童、余华、格非等人的新历史小说吧？我并不认为这类小说与"寻根文学"是一脉相承的。事实上，"寻根文学"对待历史的态度，与"十七年"革命历史题材的小说创作大致是相同的。尽管一个是从政治的层面去把握历史，一个是从文化的高度去观照生活，但他们在面对历史的时候，都竭力以生动的形象艺术地去"再现"某一历史"真相"或历史结论，把历史客体化。而近年出现的历史小说，作家们不再服膺于既定的历史观念，而能以鲜活敏感的客体去融化、重铸历史，把历史主体化。这是新历史小说与以往同类小说的根本区别。

甲：这似乎也是以往历史题材小说创作大都风格类似的主要原因吧。当作家们怀着敬畏的心情尽可能地去接近历史的时候，作家的主体也就萎缩了。而新历史小说，由于小说家们敢于把历史主体化，他们所营造的艺术空间就必然是缤纷多姿、极富个人色彩的……

乙：甚至可以说，新历史小说不是以历史佐证历史，恰恰相反，他们是借某种虚拟的历史画面去表现各自对于生活的理解和态度。

甲：这会不会导致一种历史的虚无主义呢？

乙：关键在于，作家是否能在过去与现在，在历史与主体之间寻找一个"连接点"。记得朱光潜先生曾说："没有一个过去史真正是历史，如果它不引起现时的思索，打动现时的兴趣，和现实的心灵生活打成一片，过去史在我现时思想活动中便不能复苏，不能获得它的历史性。"（《克罗齐哲学述评》）历史不是已然僵死的事实，也不是某种既定的历史结论，它应该是存活在现实、在现实的心灵生活中的。你有没有留意到，在新历史小说中，历史、现实与主体三者就常常是融合、掺和在一起的。

甲：比如苏童。我觉得苏童的小说就较注意自我与历史的交流。他总是巧妙地借助某种物象沟通现实、自我与历史之间的联系。他的小说就常常出现这样的语句："我没有也不可能见到那只白玉瓷罐。但我现在看见一九三四年的陈文治家客厅长案上放着那只白玉瓷罐。"（《1934 年的逃亡》）"我将凭着对幺叔穿过的黑胶鞋的敏感，嗅到他混杂了汗臭酒臭的气息。"（《飞越我的枫杨树故乡》）在这样的共时性呈现中，历史、现实、主体之间的界限被抹除了，自我的生命在历史中延长，而历史也在自我生命中得到伸展。苏童小说这种共时性的结构，暗示的似乎就是一种生命的绵延意识。

乙：是的，苏童总是有意无意地表现这种生命的绵延意识。他把自我的存在看作是"人类生育繁衍大链环上的某个环节"。他的小说常常触及性、生殖、遗传这类事件，而且他对家族也似乎很感兴趣。他的许多小说，包括《1934 年的逃亡》、《飞越我的枫杨树故乡》、《罂粟之家》、《妇女生活》、《米》等，都是以家族血脉的遗传与繁衍作为故事的框架。甚至，他的小说并没有遮掩寻找血脉之源的主题。比如在《飞越我的枫杨树故乡》中，苏童是这样结束他的小说的：

> 如果你和我一样，从小便会做古怪的梦，你会梦见你的故土、你的家族和亲属。有一条河与生俱来，你仿佛坐在一只竹筏上顺流而下，回首遥望故乡。

我觉得这段话是他的小说绝好的注脚，其中流露出苏童某种"还乡"的情绪。

甲：问题在于，为什么苏童对生命的繁衍、绵延过程那么敏感？他对于历史的追寻究竟暗示着什么？

乙：我觉得我们已经在逐渐接近问题的实质了。在我看来，苏童对于历史的追寻，隐含着一种无意识的冲动：拯救自我！也就是说苏童对于历史的回忆，其实是源于现实的失落。一个现代人，当他在现实中体味到一种被遗弃感的时候，当他自己不知道要往何处去的时候，他会非常自然地想起另一个问题：我从哪里来？

甲：这仅仅是你的一种猜测吧？比如我就认为苏童对"根"的追寻是基于

对历史的重新审视和反思。苏童的小说，那种"审父"的意识是很明显的。在他的笔下，父辈的形象大多是以卑鄙和丑恶的面目出现。比如嫖妓赌博、抛妻弃子的陈宝年（《1934 年的逃亡》），杀人越货、无恶不作的土匪式人物五龙（《米》），恶贯满盈、欺兄盗母的地主刘老侠（《罂粟之家》）……这些人物作为父辈的代表，已不再有任何神圣的光环和炫目的神采，而是集中了种族、民族和人性的丑陋、畸形和罪恶。透过这些形象，我们能感受到苏童对于历史冷静到近乎残酷的审视和批判，能够感受到那种对于文化、对于历史的失望困惑的情绪。

乙：你似乎又回到原来的思路了。在我看来，苏童对历史的追寻，与诸如韩少功、王安忆这些作家的"寻根文学"是不相同的。他无意将前辈拉上审判台进行审视和批判。事实上，当一位作家企图去反思历史的时候，他必然与历史拉开一定的距离，必然是带着十分理性的眼光去审视历史。但是在苏童的小说中，一方面，我们看到主体并没有与历史拉开距离的意识，恰恰相反，正如我们前面所说的，主体是企图抹去与历史的距离潜回历史当中。这种潜回，使主体挽救了在现实中失落了的自我。正如作者自己所说的："……在这个过程中我触摸了祖先和故乡的脉搏，我看见自己的来处，也将看见自己的归宿。"① 另一方面，苏童并不是以理性的，而是以非理性的眼光去观照历史。在他笔下，历史被笼罩在一种神秘的氛围中，充满着偶然性和宿命色彩。无论是《1934 年的逃亡》中陈宝年对蒋氏将如灾星般照耀枫杨树的预言，抑或是《妻妾成群》中颂莲面对阴森可怖的古井产生的种种不祥的预感，还是《罂粟之家》中刘氏家族的盛衰与罂粟之间的无法解释的联系，所有这些都被涂上一层宿命的阴暗的色彩。一切都似乎是已经注定了的，你能够感知所要发生的，但你就是无法解释也无法摆脱。用宿命观和偶然性去解释历史，似乎是新历史小说一个共同的特点。我想这一点就足以证明苏童的小说无意去反思历史，因为用宿命和偶然去解释历史，也等于在拒绝解释历史。

甲：假如可以这样讲的话，我认为苏童确是以虚无的态度去对待历史。或者说，他的小说是体现了一种反历史的倾向。那种宿命观及偶然观，其实是主体面对现实所产生的生存观念和生存态度。或者说，苏童是以主体在现实的生存观念去解释历史，这是不是正是你所说的"历史主体化"呢？

乙：是的。而且我觉得，在苏童的小说中，主体的生存观念对小说的历史构

---

① 苏童：《世界的两侧》（自序），《小说家》1993 年第 2 期。

成的影响还不仅仅局限于这一方面。你有没有注意到，苏童的大多历史小说，其情节内核大致可以概括为"精神的漂泊"。这似乎是他大多作品共同触及的母题。比如他的"枫杨树系列"，包括《1934 年的逃亡》、《罂粟之家》、《飞越我的枫杨树故乡》、《米》等，讲述的大多是乡村人逃亡到城市的故事。天灾人祸所构成的灾难、毁灭、漂泊、流亡可以说是这些小说的共同主题。那些逃亡到城市的乡村人，尽管他们努力地融入城市的生活，尽管他们当中有不少人甚至已经征服、占领了城市，但他们总有一种"异乡人"的感觉，他们的灵魂仍然系在老家枫杨树上。陈宝年是在城市发迹了，而他死时，紧握着的是那把祖传的大头刀。而五龙，即使在他与织云结婚，得到城市的认同时，他仍觉得新房是"一节火车，它在原野上缓缓行驶，他仍然在颠簸流浪的途中"。甚至在他对绮云这个城市"最后的女人"在米堆上强行占有，从而实现了对城市的占领的时候，他也觉得"仍然在火车上缓缓地运行"。"缓缓运行的火车"成了五龙心态的象征，他的灵魂似乎永远在流浪漂泊。

甲：但是苏童还有另一些历史小说，即他自己所说的"以老式方法叙述一些老式故事"的一类小说，诸如《妻妾成群》、《红粉》、《我的帝王生涯》。对这些小说，你又该如何解释呢？

乙：在这些小说中，人物与环境是处在一种错位的状态之中。人物与现实的格格不入使他们处于一种孤立的境地，他的灵魂常常飞越现实而进入令人心生遐想的想象或梦幻的空间。比如《妻妾成群》中的颂莲。我认为颂莲悲剧的症结，在于一个懂得爱情为何物的女学生却沦落为实际上只是男人玩物的姨太太，在于一个浪漫纯洁的年轻女性被安置在一个旧式宗法制家庭中。颂莲与陈家上下的矛盾，她在陈家孤立的境地，其实就是源于这种人物与环境的错位。飞浦的出现似乎使颂莲寂寞的心境有所慰藉，但当她明白了飞浦不会属于她之后，她的精神便处于无可寄托的空虚中，她预感到"她将孤零零地像一叶浮萍在陈家花园漂流下去"。还有《我的帝王生涯》中的端白。端白喜欢"自由驰骋于天空的飞鸟"，喜欢接近于飞鸟的生活方式的走索绝艺。但他却被阴差阳错地安置在燮王的帝位上。他对燮宫的一切极为讨厌，他的心灵常常掠过宫殿而飞往从南方来的走索卖艺班，他渴望自己成为一名走索艺人，他喜欢那种流浪漂泊的生活方式，他认为本来人生在世就"注定是一场艰辛的旅行"。在这里，"飞鸟"这一意象成为端白渴望流浪漂泊的心态的最好表征。

甲：是的，我还注意到苏童的历史小说中反复出现的一些意象，诸如逃亡、飞翔、风、鸟、天空、河流及大片的土地等，这些意象往往与漂泊流浪的心态联结在一起，往往把人的心灵引向遥远而缥缈的所在。

乙：耐人寻味的是，苏童那一些描写现代城市生活的小说，也蕴含着一种人生的漂泊感。诸如《平静如水》中的李多、《已婚男人》中的杨泊，他们或者自己拒绝进入现实，或者企图介入却又不得其门而入，总之都是只能游离于现实生存之处的精神漂泊者。作者曾毫不避讳地说："我真实的个人生活的影子飘荡在这些城市青年中。"① 而事实上，不只在他构筑的现实空间，在他描绘的假想的历史画面上，也飘荡着他个人漂泊无依的身影。他的小说并不着意去探究历史，因而缺乏一种深远厚重的历史感。但在他营造的历史空间中，我们能强烈地感受到弥漫渗透于其中的创作者情致和心绪。

甲：苏童曾把他笔下的乡村和城市比喻为"世界的两侧"，是不是也可以说，他笔下的历史和现实，也是"世界的两侧"呢？人们就徘徊、生活在世界的两侧，苏童也不例外。

乙：甚至我们可以说苏童更迷醉于旧去的生活。迄今为止，他写得最为精彩的就是历史题材的小说。苏童以一种令人难以理喻的激情拾起已成碎片的历史片断重新缝补弥合，从中我们看见了飘荡在个人情绪中的暗黄的历史册页，看到了历史之颓败、人生之脆弱，看到了随风而逝的历史与人生。

（1993 年）

---

① 苏童：《世界的两侧》（自序），《小说家》1993 年第 2 期。

论王杏元的小说创作

20 世纪 60 年代中期，上海和广州两地同时出版了《绿竹村风云》，这部长篇小说的作者王杏元因而风靡了近半个中国。那时，他只是个读过四年小学的地道农民，且很年轻，这的确令人刮目相看。他也因此出席了亚非拉作家紧急会议。事隔二十几年，当王杏元的名字在人们的脑海中渐渐被淡忘的时候，他与人合作的长篇新作《胭脂河》再度成为广东文学里的一个热门话题。回首这位作家二十几年的创作历程，我们可以发现，他的创作在数量上并不多，只有上面提及的两部长篇小说和寥寥几个短篇。但为数不多的作品却铸就了这位作家独特的艺术个性，也确立了这位作家在广东文坛上虽不是很炫目却是无可替代的位置。今天，我觉得重新来检视这位作家所走的文学道路，探讨这位作家的艺术风格，对于他，乃至于其他作家，会是一桩有意义的事。

一

王杏元是 20 世纪 60 年代走上文学道路的。60 年代到 70 年代，是他创作历程的第一个阶段。这个时期，他的作品主要有长篇小说《绿竹村风云》和短篇小说《土地》、《铁笔御史》、《半夜枪声》等。这些小说，都取材于农村社会生活，以农民作为表现对象。从中，我们能够感受到一种强烈的时代精神和浓烈的政治色彩。每位作家观察、表现生活，都有自己的视角。王杏元这一阶段对农村生活的表现，取的是政治视角。上面列举的作品，就都是以农村两条路线或两个阶段的冲突作为构思的基本框架。《土地》描写了一家祖孙三代围绕着赖以生存的土地跟地主展开的有血有泪、有刀有枪的斗争史。其中有鲜明的山村风物的色彩，有来自生活的质朴而生动的语言，但吸引读者的是那种火热的阶级斗争的气势。再如他的《绿竹村风云》，这部小说无疑是最能体现王杏元六七十年代创作特色和艺术成就的代表作。小说表现的是闽粤交界处一个小山村在农业社会主义改造过程中围绕着组织互助组和成立初级社所展开的两条道路和斗争。绿竹村所走的合作化道路是坎坷曲折的。其中有富农婆借"降神"暗中破坏，而以阿狮为首的上中农则自恃田肥山好牛壮料足，不肯与贫农合伙，还暗地里与互助组竞争。即使是贫下中农，也有不少像乌山、银花这样对合作化认识不足，想走个体道路的人们。面对这样的现实，村长王天来带领互助组贫农骨干发扬"咬姜蘸醋，打八面拳"的苦斗精神，凭着一把硬骨头，起早摸黑，凿山沟、削山皮、开荒种果子，又拿出各人的看家手艺，大搞副业。苦斗两三年，终于在经济竞争中赢得胜利，带动了村里许多贫下中农加入互助组。后来，又在这个基础上成立了初级社。小说通过对绿竹村这个典型环境的描写，揭示了 50 年代初、中期农村两条道路斗争的复杂性和农民走互助合作的必然趋势。今天重读这部小说，觉得与当时同类题材的作品比较起来，有一点是值得肯定的，就是能够真实地把握、描写当时的社会现实。尽管作者在小说中写到富农婆的破坏活动，写到敌对的阶级斗争，但作品着墨最多也写得最为真切、精彩的是社会主义力量与个体农民自发倾向，还有集体主义思想和私有观念的矛盾与冲突。如小说中描写上中农组织假互助组，阿狮勾引互助组投机倒把，乌山等人为到福建招工想退工互助等片断。这样的描写应该说是比较符合当时的生活现实的。另外，作者也能够真实地描写当时贫下中农在合作化过程中的精神状态以及他们的种种隐秘、微妙的心理。在小说中，我们看到除了王天来、石生、木坤等几个贫农骨干外，许多贫农对合作化的认识是不够充分的：有些人信心不足，犹豫不定；有些人没主见，随大流；有些人进互助组是看中富裕人家的耕牛和农具。这样的描写在当时曾受到一些评论家善意的批评，但在今天看来，这样的描写恰恰是当时那种社会现实的客观反映。在当时，农村两条道路的斗争，不仅仅体现在贫农与富农、贫农与中农之间，更主要体现在贫农之间，体现在个人的心理冲突上。

五六十年代有不少反映农业合作化运动的长篇巨著，而且作者大都亲身经历了这一场运动。但当时的许多作家是带着某种目的去深入生活的，王杏元则是以纯粹的农民身份参与了这场运动。他写《绿竹村风云》，就是"把自己办社所亲身经历的斗争，一字不漏、哗啦啦地讲出来、写出来"（《当农民·写农民》）。他首先是一个农民，而后才是一个作家，这使他能以一个农民质朴的眼光去观察这场运动，使他所提供的大多是生活中原生态的东西，因而他对于现实的描写就比较真实。

当然，我们也不能回避这样一个事实：这部小说是在"文革"前出版的，它不可避免地也会带着当时某种左倾思想的烙印。比如，本来对于长篇小说来说，它应该反映出现实生活的整体性，但小说所揭示的，主要是社会生活中的政治层面，主要是人与人之间的政治关系。这多少影响了反映生活的广度和深度。另外，小说对富裕中农抵制合作化运动的描写，似乎也有过火之处。应该说，这些缺陷，不只《绿竹村风云》有，我们在诸如《创业史》、《艳阳天》这些同类题材的作品中也能见到。这既是作家的局限，也是时代的局限。

随着 20 世纪 60 年代左倾思想的逐步升级，我们在王杏元以后的创作中能越来越明显地感受到左倾思想的影响。1975 年他写了《半夜枪声》，这篇小说所表现的就是阶级斗争扩大化的极左思想。一个富农把发瘟的死鹅丢进生产队的鹅群里，这本来是出于对放鹅者私人的恩怨，作家却看成是"阶级敌人的破坏"，看成是"激烈的阶级斗争"。这表明作家的创作已经脱离了现实生活。应该说，从政治的视角去表现生活是可以的，但假如把一切都纳入政治的视角，甚至纳入阶级斗争的框架去表现，也就违背了现实主义的创作原则。在王杏元前期的一些作品中，我们多少能够发现这种把生活过分政治化的迹象。

粉碎"四人帮"后，王杏元的创作进入一个新的阶段。这一阶段他的作品并不多，但与前期创作比较起来，确实发生了一些可喜的变化：以前的创作，叙述的成分多，故事的推进、人物的塑造，几乎都靠叙述去完成。而现在，作家较注重描写了，特别是较注重从普通日常的生活去刻画人物。另外，随着阅历的增多、思考的深入，他更懂得下笔有所节制，力戒浮躁之气。当然，更重要的变化还在于，从作品中我们能看到，这位作家的审美观念已发生了变化。

1981 年王杏元创作了短篇小说《天板蓝蓝》。这个短篇写一个老实巴交的农民刘富贵，被人怂恿而参与了一次赌博并赢了别人一大笔钱。起初他欣喜若狂，可是慢慢地便在内心形成一个郁结：他总觉得这赢来的钱不是自己的，总担忧着输了钱的牌主会不会去寻死。刘富贵虽然发了财，却整天闷闷不乐。最后还是把钱送还牌主。王杏元以往的小说很少触及人物的内心世界，这一篇小说却以一种细腻的笔法将人物的心理郁结写得丝丝入扣。这个短篇也涉及政治，写到三中全会的政策给农村农民生活带来的变化。但他的着眼点在于表现人物美好的心灵，在于发掘人性中美好的、善良的因素。

当然，最能表现作家审美观念变化的，还是长篇小说《胭脂河》。小说以抗战期间广东省政府迁往清平镇这一史实作为历史背景，描写了三位青楼出身的官太太胭脂女、相思豆、黑蝴蝶与她们的丈夫，国民党驻防部队长官许云仙、陈有源、刘魁之间的恩怨纠葛。通俗生动的语言，世态风情的逼真描摹以及曲折的情节，使小说具有相当的可读性。小说最吸引人的是人物的命运遭际。三位女性因生活所逼曾沦落风尘，后来虽然都当上官太太，但实际上仍生活在一种屈辱、压抑的环境里，特别是胭脂女和黑蝴蝶。胭脂女深受许云仙宠爱，但她明白自己不过是许云仙的玩物，许云仙对她只有"欲"而没有"爱"。胭脂女为平民愤枪杀军痞胡一虎，许云仙就差点将她处死。黑蝴蝶处境比胭脂女更差。刘魁只把她当花瓶，对她并不爱恋，而且常常跑到外面与其他女人鬼混。与丈夫的同床异梦使胭脂女与黑蝴蝶双双寻找外遇：胭脂女为追求真正的爱情爱上了洪少山，并暗中支持洪少山抗日；黑蝴蝶出于对刘魁的一种报复心理与勤务兵肖丹私通。两人后来都因事情败露而惨死在丈夫枪下。对于这部小说，有论者以为是"以传奇式的人物故事而写出社会状况"，在我们看来，作家的着眼点是在于表现人物在那种"社会状况"中生存的艰难。三位女性在艰辛的生存环境中苦苦挣扎，以自己微弱的力量向命运抗争。但除了相思豆最终跟随丈夫走上抗日道路外，其余都摆脱不了悲剧的命运。作家在这里是以三个妓女的坎坷命运，写出了混乱时世中的人世沧桑。

这部小说情节性强，富于传奇色彩。但作家并没有随意虚构情节，而是紧扣人物性格的发展，命运的变化去结构故事。我想，这也许是这部小说既有通俗文学的色彩又具备纯文学品格的缘故吧。

以上是对王杏元二十几年的创作历程作简单的回顾，从中我们可以发现，王杏元的创作不是一成不变的，从表现政治到写人，写人的心灵、人的命运轨迹，便是这位作家不断变化发展的足迹。这种变化的轨迹标志着这位作家越来越走向成熟。文学是反映社会生活的，当然也应该表现政治，但文学是人学，作家应该超越（是超越而不是抛弃）生活中政治的、道德的乃至历史的层面去表现人，表现社会历史中人的心灵及人的生存境遇。

二

每一位作家都有自己把握生活的感知方式与思维方式。假如我们能够抓住作家的这种感知方式，就能够更为深刻地把握一个作家的艺术个性。

那么，王杏元是怎样去感知、认识这个世界的呢？

还是先从人物形象说起吧。读王杏元的小说，我们能够注意到一个现象：作家描写人物，追求的是性格的塑造。而在性格的描写中，作家又很注重人物道德品质的揭示。比如《绿竹村风云》中的王天来。作家把这个人物作为体现时代发展方向的社会主义新人形象去塑造。作家当然也写到王天来的政治觉悟，写到他对党的赤胆忠诚，但作家更注重的是揭示这个人物的道德品质。王天来初到绿竹村，是以其侠义的品格赢得众人的信任的。他为人正直刚强，好为穷哥们打抱不平。三脚虎向贫苦户春婆逼租，是他不怕得罪地主，帮助春婆瞒过地主的关卡。解放后，王天来被选为绿竹村村长，他的侠义品格演化为一种克己奉公、富于牺牲自我的精神。土地改革之后，家家户户各顾着创家置业，他却整天忙于公事，对自家的事好像没放在心上。贫农天赐因病欠债卖了竹山，他说服妻子卖掉家里的猪准备帮天赐赎回田地。王天来文化水平低，也难说有很强的组织领导能力，却深得乡民的信任，这主要是因为他对穷苦兄弟富于同情心，具有一种正直无私的品德。

《铁笔御史》中的记工员李镇平，这个人物最突出的性格特征也是正直无私。叔父李万本耙田偷工减料，他客气地叫他返工。李万本后来偷队里的麦种，他不留情地把叔父的丑事公之于众。因此这位生产队的记工员被称为"铁笔御史"。《天板蓝蓝》中的刘富贵最突出的性格特征是诚实善良。他帮助几位农民与牌主赌博，是因为诚实善良；他应牌主的挑战与他下赌注，是因为诚实善良；他最终把赢来的一大笔钱交还牌主，仍然是因为诚实善良。《胭脂河》中的三姐妹，大概要算王杏元笔下人物中性格最为复杂的吧。但作家对这几个人物形象的塑造，仍然是注重其道德品质的揭示。张奥列对此有独到的见解："作品中的男女人物，不管性格如何复杂差异，都可用善、恶二字去概括。即使三女性相貌出众，美艳绝伦，作者更重视的是她们的善而非美。"①

其实，不单《胭脂河》中的人物可用善或恶去概括，王杏元笔下的人物大都可用善或恶去概括，正面人物赋予"善"的品格，反面人物赋予"恶"的品格。假如我们再作进一步的分析，还可以发现王杏元小说的内在结构往往呈现为二元对立的组织形式：一边是无私、正直、善良、高尚，一边是狭隘、邪恶、凶狠、卑鄙。比如《胭脂河》中的胭脂女、相思豆、黑蝴蝶与许云仙、刘魁；《绿竹村风云》中的王天来、石生、木坤与阿狮、阿俚、葫芦；《铁笔御史》中的李镇平与李万本；《半夜枪声》中的张小武与张八卦……一部作品就是一个完整的世界，而在王杏元笔下的世界里，总是好坏清楚，善恶分明。

---

① 张奥列：《从〈胭脂河〉谈到中年作家的创作》，《广州日报》，1988 年 9 月 23 日。

这就是王杏元对生活独特的感知方式：他是一个农民作家，他往往是以农民那种朴素的眼光，那种善恶的二色观去观察、分析生活，去给这个世界分类归纳，去给生活下价值判断——用他的话来说："文学应该压恶扬善。"王杏元的全部小说，即使是六七十年代那些政治色彩浓厚的小说，剥开路线斗争和阶级斗争的外壳，我们仍然能够发现作者是用这样一种善恶二色观去解释、衡量这个世界。

这种感知方式使王杏元的作品在总体上给人一种清晰、明朗的感觉：他笔下的人物，性格比较单向统一，吸引读者的往往是某种人格力量。他的作品的矛盾构成也并不复杂，常常是两两相对的关系。他也似乎不曾在作品中掩饰自己的感情倾向，总是爱憎分明。这样的格调无疑很符合大众的审美趣味——事实上，王杏元写作的初衷也是为了农民大众。但是，这种感知方式又无疑是以牺牲人性的复杂性矛盾性、牺牲现实生活原初那种混沌的状态作为代价的。是的，人总是渴望对存在着的这个世界进行明确的归纳分类，人总是希望知道什么是善，什么是恶，什么是高尚，什么是卑鄙。但生活本身又是复杂的，生活中善与恶、真与假、美与丑又常常是纠缠在一起的，难以清楚地去界定，明确地去把握。

三

在剖析了王杏元作品的内在结构之后，我们觉得还有必要谈谈这位作家表现生活的艺术手法、艺术形式。这对于探讨一位作家的艺术风格，同样是至关重要的。

首先要谈及的是王杏元小说文体的特色。在当代小说家中，王杏元小说的文体恐怕是较为独特的。这种独特的文体大致可以从他所使用语言及叙述方式上获得解释。王杏元小时候很喜欢听"潮州歌册"，他的文学创作，也始于这种以潮汕方言进行创作的长篇韵文故事。《绿竹村风云》实际上就是在歌册《绿竹村的斗争》的基础上改写的。这种民间说唱艺术给王杏元的小说创作带来很大的影响。他的小说，不是用普通话，而是用潮州方言去创作的。而且，他的小说的叙述方式，明显地受到"潮州歌册"的影响，是用那种"讲古"的语调口吻进行叙述。比如他的《天板蓝蓝》，开篇第一句即是："龙头寨有一个农民，名叫刘富贵。"瞧，行文简短活泼，有一种面向读者的亲切感，可谓"讲"味十足。潮汕方言通俗生动，且质朴明快，虽不利于构筑美文，但比起普通话来更有利于描摹生活中原生态的东西，更有利于提取生活中新鲜活泼的经验。而"讲古"的叙述方式，有利于铺陈故事，点染气氛，却不利于体味抒情。这样的叙述语言及叙述方式注定了王杏元小说的文体不可能是典雅华丽或者是奇诡峻拔的，而是显出倾向大众的俗相：我们可以注意到，王杏元的小说很少对自然风景感兴趣，很少对自然美景作抒写赞叹。他也无意在个体丰富而复杂的内心世界里作精神漫游，无力对世界对人生作形而上的思索。这正是王杏元小说缺乏情思缺乏深度的缘故。但他的小说又分明能吸引大众：那种质朴通俗的色彩，那种轻松明快的叙述风格，曲折生动的故事以及直接从生活中提取的甚至有些粗俗的原生状态的东西（包括乡里民俗），却在大众中引起亲切的共鸣。

王杏元小说在艺术形式上的另外一个特点是情节性强，富于传奇色彩。王杏元是广东文坛公认的编故事能手。他的小说，善于把异常的事件和尖锐的冲突加以戏剧化，在戏剧化的情节中展示人物性格。比如《铁笔御史》中的李镇平活捉李万本，《半夜枪声》中张小武枪打张八卦等，就是很戏剧化又具有性格魅力的情节片断。王杏元还有一些小说情节曲折离奇、富于传奇色彩。在这方面的代表作首推《胭脂河》。全书情节紧张惊险：胭脂女解救饥民，刘魁枪杀黑蝴蝶，相思豆只身复仇，许云仙暗害陈有源。一个故事紧接一个故事，一个高潮紧接一个高潮，悬念起伏，令人为之吸摄。特别是胭脂女牢中斗狱长，相思豆只身闯刘府两个情节，险象环生，扣人心弦。应该说，情节性强是王杏元小说魅力的一个重要因素。当然，这里也有必要指出，王杏元的小说也有过分追求故事的离奇曲折而致使情节失去真实性。比如相思豆只身复仇那个情节。相思豆没告诉丈夫，这还可以解释，但她不可能不去和胭脂女商量：她和胭脂女、黑蝴蝶乃金兰三姐妹，平时无话不说。这个时候黑蝴蝶生死未明，相思豆也知道夜闯刘府有很大的危险性，没有与胭脂女商量行事似乎不合情理。像这样违背事理的情节在王杏元的小说中并不多见，但也值得作者注意。

王杏元笔下人物性格单纯，但大都形象鲜明，呼之欲出。他塑造人物，主要是学习借鉴古典小说如《水浒传》的描写手法，具体来讲是"通过写这些人物生平和活动，特别是通过语言谈吐，把他们一一树立起来"①。王杏元有深厚的生活基础，似乎能随手拈出充满生活情趣而又能够真实、准确地表现性格的细节，对人物进行刻画。他还善于用富于个性的又散发着乡土气息的语言刻画人物性格。比如《绿竹村风云》中写王天来当选村长后向村民演说，他是这样讲的：

---

① 秦牧：《一个农民笔下的生活长卷》，《羊城晚报》，1965年11月13日。

"大家伙，大家太爱惜我了……好，当就当，我还是来当一个'跷仔头'领导大家搞生产。……今后我若变相，放开乞食篮打乞食者，大家就拿状纸到大乡告我!"几句通俗生动的潮汕方言俗语，把一个没多少文化的乡村干部那种受大家爱戴信任的感激之情，还有憨厚直率的个性淋漓尽致地表现出来。这些富于生活情趣的生活细节，散发着乡土气味的个性化语言的运用，使王杏元笔下的人物既形象生动，又散发着泥土气息，给人一种真实可信的感觉。

王杏元的小说还具有鲜明的地方色彩。这一点许多人都注意到了。在这里我们觉得有必要指出的是，他的小说之所以洋溢着鲜明的地方色彩，不只在于他善于运用地方的方言土语，也不只在于他善于描写潮汕平原这块土地上的风俗习惯、世态人情，还在于他笔下的人物具有潮汕人独特的文化心理特征。比如《绿竹村风云》中的阿狮，他组织假互助组，到墟场投机倒把，递交入党申请书以捞取政治资本等活动，就流露了潮汕人精明的心态特征。也许王杏元在创作时并没有揭示人物地域文化心态的自觉意识，但坚持现实主义的创作原则，使他笔下的人物确实具有鲜明的地方色彩。

综上所述，我们分析了王杏元对社会人生的质朴的感知方式，分析了他的作品艺术形式的特征。概括地说，明快开朗的格调，通俗质朴的色彩，生动曲折的情节及浓郁的乡土气息，就是王杏元小说的风格特征。

王杏元是一个道地的农民作家。一个地道的农民作家能取得这样的成绩，这在全国似乎并不多见。王杏元年仅 56 岁，对于一个作家来说还是大好年华，我们期待着这位作家更为丰硕的创作成果。

（1995 年）

论雷锋的战争小说

　　雷锋也许料想不到会在和平时期赶上那一场战争，也许料想不到这场战争会从此改变自己的人生。他亲身经历了一场场血与火的考验，生与死的搏斗。然后，当他踏着硝烟重新出现在我们面前时，同时也给我们带来了一个个可歌可泣的故事。

　　我想雷锋最初去表现这场战争，是出于一种激情和冲动。战争是结束了，但硝烟还没飘散，千万名战士冲锋陷阵的身影，他们的爱恨悲欢，他们的壮烈或者悄无声息的牺牲，这一切都激发着作家的创作。这种激情，使雷锋几乎是不加考虑地选用了最能淋漓尽致地倾泻内心感情的、正面描写战争景观的表现角度——我指的当然是他的中篇小说《男儿女儿踏着硝烟》（以下简称《硝烟》）。在这部小说中，我们能闻到硝烟，能领略到惊心动魄的战斗场景，能感受到一种爱国主义精神和英雄主义气概的高扬。这一切无疑都显示了雷锋理想主义的人生态度及逼真地把握宽阔宏大的战斗面的能力。但是过于蓬勃的激情却妨碍了作者对战争作出冷静、深刻的思考：实际上，他选取的表现角度，乃至于所表现的革命英雄主义的题旨，并没有超越以前的军旅小说创作。

　　值得提及的，倒是零星地散见于小说中的，对置身于战争中的军人们内心深处某种隐秘情绪的描写。比如战前那种惶惑心态，杨羚和侯筱聪、鲍啸之间微妙的感情纠葛。我觉得这些在这部小说中是有所萌发的，对于战争中军人人性基因的探索，正是雷锋第一阶段小说创作所着意追求的。他继《硝烟》后创作的一组短篇《我的亡友们》（五篇），所采取的仍是正面描写的角度，但是战争在小说中只是作为背景存在。凸显在我们面前的，是处于生死冲突中人的种种心态：只身陷入敌阵的战士龙志泰，在昏睡中梦见大部队向敌军发起冲锋。他获救了，而且被评为"独胆英雄"。然后是荣归故里，受到整个山寨热烈欢迎。作者这里通过梦幻的描写，传达了隐藏在战士潜意识中渴求生存的欲望（《夜莺，声声唱》）。战士老杜身上有两件宝：快刀和荷包。据说，荷包里藏的是女朋友的相片。在一次战斗中老杜壮烈牺牲，人们在荷包里发现的却是周璇的玉照。这里所揭示的是一个老战士在爱情方面的渴求和苦恼（《快刀和荷包》）。这些篇幅虽短，但都散发着厚重的人情味。显然，作者已摈弃了那种单纯的英雄主义的眼光，开始了对军人人性的探索。这使雷铎从对战争的即使是逼真的表层描写中退出来，走向军人的内心深处。不过，在这里我们又必须指出，雷铎这一阶段的小说创作在总体立意上仍未跳出当时同类题材的窠臼。在这批小说中，不管我们的战士内心怀有怎样的秘密怎样的欲求，最终差不多都以鲜血和生命去证明自己英雄的品格，这是当时战争题材小说常重复的情节模式。这种情节模式流露了作者某种潜在创作意图：人性的描写只是为了强化英雄主义的命题。也就是说，对人性的探索，还只是局限在英雄主义的范畴内。

真正标志着雷铎的战争小说走出英雄主义表现框架的，真正显示出雷铎对战争的独特理解的，是他第二阶段即 1985 年以后的创作。其中包括他的"人生组曲"中的一些篇什以及后来陆续在《人民文学》、《上海文学》发表的两组短篇《国殇》（九篇）及《战前战后平淡事》等。在这些小说中，我们能够发现雷铎艺术视野的超升。他不再纯然地以一种政治功利性的眼光去审度战争，去表现他对于战争浓烈的描写和对于军人的英雄主义式的颂扬，而是能从社会政治的层面中超越出来，从生命的层面去观照战争，揭示战争与人的矛盾，表现战争中人性存在的真实以及战争对于军人人生的改变。从中我们能够感受到作家对于生命、生存自身的关注，感受到一种人道的情怀。

首先要提及的是雷铎到解放军艺术学院就读后创作的"人生组曲"及其他篇什，诸如《半面阿波罗》、《九女湖》、《月色》、《糖》等。可能把雷铎这批小说完全纳入"人性"的框架是不恰当的，但我觉得，雷铎的确是以一种人道的眼光去感受战争中人性的存在与缺失的。比如《半面阿波罗》，我觉得这篇小说是雷铎迄今为止写得最为精彩的短篇。小说的主人公在战场上烧焦了半边脸。白天不愿意出门，只有趁夜间到公园散步。他在公园到处寻找座位，可是座位都被恋人占领了。他原是想到公园散心的，而公园里男男女女亲热的情景却使他感到苦闷与孤寂。在这里作者相当含蓄地传达了一个伤残军人潜藏在内心的生命的欲望以及意识到因自身的伤残此种欲望难以在现实实现的某种失落情绪：军人也是人，因此如同一切人一样有着对于生命的种种渴望和追求，但是军人的天职是对祖国对人民的忠诚，他随时都得为国为民牺牲自己。这里存在着一种深刻的矛盾：战争与人的矛盾。雷锋在这批小说中几乎都表现了这种矛盾。而且，这种矛盾有时是以相当残酷的形式展开的。比如他的《糖》，在小说中我们看到娃娃兵唐眯眯的惨死。唐眯眯只有十八岁，还很孩子气，很天真，常睁着一双很亮的小鹿似的眼睛。他看起来也很像一个女孩子，有一种总需要依傍着什么的温柔。唐眯眯在战前观小组，战斗打响时排长执意不让他上前线，他实在太嫩，太不让人放心。但他执意要参加，结果转移时被地雷炸伤，因血流不止而牺牲。小说的基调是轻柔而悲怆的，使我无端地想起茹志鹃的《百合花》，想起那个在大姑娘面前显得局促不安的小通讯员。《糖》自然未能达到《百合花》的境界，但两篇小说所流露的感情态度是相同的：作者越是让他们笔下的人物显出纯真和稚气，读者越发能够体味到那种美好生命遭战争残酷毁灭而产生的一种缅怀和感伤。事实上，雷锋这批小说大都在讲述关于生命和死亡的故事，而且都是怀着一种缅怀和感伤的情绪去描写死亡的，这种对死亡的感情态度使我们很容易见出雷锋前后期小说创作着眼点的迥异：前期小说也写出死亡，但作者是以一种歌颂的态度去描写。他笔下的战士，或是战死疆场（如《快刀和荷包》中的老杜），或是为了救他人（如《小心眼》中的金阿牛），或是为了完成一种性格（如《班政委》中的老洪），都死得极为壮烈，也极为崇高；而"人生组曲"中，我们看到，死亡常常是偶发的，唐眯眯的死是一只野物触发了地雷（《糖》），老兵是因为喝多了喜酒骤然忘了口令被自家人打死（《雷区的歌》）……死在这里是无常的，作者对死亡也没有过分渲染，而是在不动声息的描述中寄托其对生命一种淡淡的哀思。对死亡的不同感情态度显示了雷锋前后期小说叙述指向的迥异：虽然都触及人性的描写，但前期对人性的探索只是局限在英雄主义范畴内，或者说，人性的描写只是为了强化英雄主义的主调。而后期对人性的描写，却显现了作家对生命自身的关注。

假如说，在"人生组曲"等篇什中生命的视角是表现在对战争中军人人性的开掘的话，那么，在雷锋近年发表的《国殇》、《战前战后平淡事》等笔记体小说中，这种生命的视角则表现为对军人现实人生的关注。战争是结束了，但那曾经发生的一切毕竟不会悄然逝去，它无时无刻不在影响、制约着曾经参与战争的人们。雷锋这批小说所思考的是战争如何改变军人的人生，所审视的是经历了战火洗练的军人们在现实的生存境遇。

我觉得，雷锋这批小说大都在重复着一种情节模式：某位战士在战场上或伤残或牺牲，而家属或他本人在现实中却未能找到自己本来应有的位置，甚至是遭到这样或那样的冷遇。比如那位洁白如玉的女护士 Y，战场上颅脑受伤，成了白痴。对她战后倒是宣传了一阵子，后来大家便都忘了。连她的父母，护理的时间一长，对她也不太好了（《洁白如玉》）。那位侦察参谋 L，在战斗中失去了一只眼睛，一条腿。本来按照他的德才，在部队干几年后是可以和他的许多战友一样当上一个处长什么的，但他一直没有得到重用。妻子大概不愿同一个伤残人过一辈子，也和他离婚了（《玻璃眼珠》）。还有那个烈属，丈夫战死沙场本来已是沉重的打击，可是她还得承受邻居婆婆的冷眼。丈夫生前的好友来看望，邻居便风言风语。丈夫留下一个遗腹子，生下来是个女的，婆婆当即在灵前哭诉没有后代（《灯城》）。这些小说，如同"人生组曲"一般，已经没有前期作品对生与死、血与火的浓墨重彩的描写，没有悲壮的场面，高亢的调子。作者以一种冷峻的笔触，展示了那些经历了战火洗礼的军人或烈属们在现实生存的艰难，写出他们走进社会之后的烦恼、惆怅、压抑、失落。按理说，造成军人悲剧性境遇的，有现实的、历史的种种不合理的社会因素。但作者没有表现出社会批判的意向。他只是以一种感伤的、略带忧郁的眼光去展示一个个带着残缺带着遗憾的军旅悲剧人生。让人们在这一个个的悲剧人生中去思考现实社会中种种不合理的存在，去体味战争的残酷性：战争与人的矛盾，仍然是这批小说的基本矛盾。事实上，雷铎这批小说也有一些难以纳入那些情节模式，而是写军人的家属怀念烈士的作品，比如《年夜》、《鸡祭》等。即或在这些小说中，也主要不是生者对死者的怀恋，而是由军人的悲剧命运触发的，一种淡淡的，却是挥之不去的人生苍凉感和沧桑感。在这里，我们看到，尽管这批小说与先前的"人生组曲"艺术视点稍有变化，但我们同样能感受到作者对生命、生存自身的关注，感受到一种人道的情怀。

雷铎第一阶段的创作，字里行间激荡着一种不加掩饰不考虑方式的激情和冲动。而到了第二阶段，我们可以发现那种激情已被一种冷峻地审视生活的眼光所制约。他自己说过，他"希望在淡淡的文字与'感情零度参与'乃至'负参与'中，最大限度地发挥每个汉字乃至标点符号的功能"[①]。雷铎这个时期的小说确是写得更为艺术更为冷静了，他谈人论事，往往只描述生活现象，少作价值判断。但是，这些小说仍然很感染人，很让人动情。事实上，那种对于生命的感伤对于人生的慨叹是深深地浸淫于那种冷静的、不动声息的描写之中。这种对于军

---

① 雷铎：《死吻》（跋），广州：新世纪出版社 1989 年版。

旅人生的感伤和慨叹使他的作品"笼罩着一点早期作品如《硝烟》中所没有的忧郁乃至沉重的色彩"①。

当然，在这里我还想指出，虽然雷锋后期的小说感情的色调是忧郁苍凉的，但同时也透发着某种强劲的内在力量。他是写出死亡，而在那种对于死亡的冷峻的描写中，在那种近乎视死若无的叙述中，我们能体味到一种面对死亡的坚强和柔韧；"他是写到人的困境"，但也写到人在困境中生存的坚韧的意志力。就如 L 参谋，即使身体残废，即使人生有诸多的失意，但仍然没有被命运打倒，而是"用那颗玻璃眼珠淡淡地看地球，看人生"。在这里，我们发现作者描写人物，已经不像从前那样以汹涌的激情去表现士兵在战争中的勇猛之姿、悲慨之气，而是以冷峻的笔调去揭示战争中生之无常以及面对无常所表现的坚韧态度，去表现人生存的艰辛以及面对困境所表现出来的精神力量。这一类人物描写的基本倾向，构成了雷锋这一时期小说悲而不怨、哀而不伤的基本旋律。

对于生存自身的关注，的确使雷锋从前期那种英雄主义爱国主义的表现这一相对狭小的地带中走出来，作者也因此获得了广阔的艺术视野。事实上，独特的军旅生活也是人类生活的一种形态，只不过是一种特殊的生存形态。因此，假若能从这特殊的生存形态超越出来，揭示具有普遍意义的人生奥秘，作品就能获得哲理的品格。雷锋第一阶段以及第二阶段前期的一些作品，具有较强的抒情意味，作者很善于在作品中传达自己的独特的人生体验，也很注意营造某种别致的情绪氛围。但给人的感觉是过于死板，往往拘泥于生活中的人和事。近年的创作，常能从所描写的具体人、事中超越出来，透过当代军人战争生活的描写去揭示普通人的生存处境，去感悟人生的奥秘。比如他的《绿草白碑》，写一个已经确定转业的某团副政委，在战斗打响的时候请战上阵，结果殉难疆场。倘若他转业了，也许现在会活得很舒适。人生的偶然性，命运的不可捉摸在这里得到了充分的体现。同是写战争，但是作者已显示了把握人类生存普遍状态的企图。我觉得雷锋的确是有这种从特殊的战争生活入手，领悟和把握整个存在世界的企图的。因为此后不久我们又欣喜地读到他的中篇力作《战争三章》。作者以一种恢宏的视野写出人类历史一万年间的三次战争：原始时期蓝田部落的一次械斗，明崇祯十七年江阴反清复明的大暴动和在另一个星球上的一次毁灭性战争。在小说中我们能够感受到作者对战争超越性的描写，在这里战争的描写不再是目的，目

---

① 徐怀中：《死吻》（序），广州：新世纪出版社1989年版。

的是经由战争的洞观而重新认识人，认识人性存在的真实及人类的生存处境：人类生活在这个星球上，似乎注定要陷入无穷无尽的矛盾之中。你看，人好战的本性诱发了战争的产生，掠夺性的战争促进了人类文明的发展，文明的发展又最终可能导致战争毁灭了人类。然后，人类有可能重新开始新的循环……小说最后写到挑起战争的地球人被射回原始时代不正暗示着人类正陷入也许是永恒的怪圈之中吗？在这里，我们能够看到，雷铎已经站在一个新的高度去理解和表现战争了。他已经不再是以一种狭隘的民族功利主义的眼光观照战争，也不再仅以一种人道的眼光去表现对个体生命的感喟。他所思考的是战争与整个人类生存状态的关系。雷铎的艺术视野是越来越开阔，艺术意蕴也越来越深刻了。

要想从整体上去把握雷铎的文学创作是很困难的。他既写小说，也写报告文学、写诗，且都是著述甚丰。就他的小说创作来说，也有一部分取材于世俗生活，比如他的《九歌》、《金婴》、《校场秘闻》等。不过，比起他的战争小说来这些世俗题材小说要稍为逊色：读起来比较生涩，且理性成分较强，缺乏生活中原生体验原生状态的东西。这大约是作家对军旅人生有切身且深刻的体验的缘故吧。当然，即或他的军旅小说，也不是没有缺憾的。比如他的作品，除了新近的《战争三章》等能把艺术的触角伸向漫长的历史时空外，其余大都缺乏一种历史的眼光，一种历史的纵深感。但是雷铎是一位有艺术才华而又能不断探索、不断超越的作家，这种品格使我们坚信他能在军事文学创作上确立自己无可替代的位置的。我们有理由这样期待着。

（1992 年）

论张梅的小说创作

几年前一个偶然的机会我读到了张梅的《爱猫及人》①，便隐隐觉得她的小说有一种特别的韵味。张梅的小说当然是城市小说，而城市小说原是可以有许多写法的，或者像新写实小说那样描摹城市底层民众的艰窘的生存状态，或者像新历史小说那样抓住具有观赏价值的色情和暴力作为小说的叙事焦点，或者干脆学习港台小说，在明争暗斗的商业竞争中穿插男欢女爱的浪漫故事，这些都是很容易得到大众认可的话语方式。而张梅，我阅读了她大多数的作品之后，便渐渐地悟出了她比较独特的写作姿态：她是把自己孤立于喧哗的人群之外，以忧郁的、微弱的声音去言说掩盖于都市狂欢嘈杂的表象背后的生存之痛，去言说人存在的孤独、脆弱、虚无和对爱和美的盼望。对都市覆没一切的物化表象下灵魂的安顿的关怀，是她的小说一以贯之的主题。

一

张梅是在 1988 年才开始她的小说创作的。20 世纪 80 年代末期写作的《月圆之夜》、《摇摇摆摆的春天》、《酒店大堂》、《少女娜娜》、《紫衣裳》、《酒后的爱情观》等大致上是她前期较有代表性的作品。其中，《月圆之夜》虽发表在 90 年代初，但据作者说是她较早创作的一个短篇。这是知青生活中一个令人伤感的爱情故事：自小父母双亡，善良柔弱的女知青梅丽，爱上了有着同样身世，在知青点四处流浪的阴悒的吉他手陈辛。在那个贫困的年代他们谈恋爱、偷情，有了身孕之后茫然无措，最终双双服毒自杀。在早期的小说中，张梅大约是比较偏爱这个短篇的，她曾经说过："我至今还非常喜爱梅里美的作品，他作品中的宿命

---

① 见张梅：《酒后的爱情观》，北京：作家出版社 1995 年版。后面引用张梅作品，未加注释者均出自本小说集。

和激情滋养了我的少年时代，并影响了我的人生选择。"① 而《月圆之夜》的写作，特别是那种神秘的氛围和宿命的色彩，显然是得益于梅里美的。但是小说震撼我的是，那种对于爱情的纯粹态度以及在这个爱情悲剧中展现出来的人存在的孤独和脆弱，这一切奠定了张梅早期小说理想主义的主旋律和凄美的基调。在张梅此后的都市小说中，我们往往可以看到这一情节模式：主人公在与周围世界的对立中，在不被理解的孤清环境里，追寻或者坚守着某种纯粹、美好的理想和感情。比如《摇摇摆摆的春天》中的草鸣，她就常常与现实世界处在错位的状况之中，经常沉溺在自己充满灵性的世界里，在那里她感受到与万物灵魂相通的惬意，而一旦回到现实世界，她就会"经常出差错"。有一天她在天桥上看到一个小乞丐对着蓝天吹起七彩泡泡，从中感悟到一个"美和欢乐的生命"的存在，可是当她把这一情景不厌其烦地告诉周围的人们时，换来的却是冷漠和猜疑的眼光，她只好把这种感受化为情结埋在内心深处。还有《酒店大堂》中的"他"和"她"，在都市浮华的背景下显见也和草鸣一样孤独，他们大约都感受到欲望化和功利化的生活对于心灵的挤压和扭曲，竟然不约而同地产生了三个光头和尚在山道上背着酒囊唱歌的幻觉，这幻觉暗示着主人公对自由洒脱的生活的潜在欲望。事实上，在张梅这个时期的作品中，大都存在着一个贯穿始终的象征着美好的理想和感情的意象——在《摇摇摆摆的春天》中是吹着七彩泡泡的小乞丐，在《酒店大堂》中是背着酒囊唱歌的三个光头和尚，在《少女娜娜》中是喂着鸽子的美少年；在《红花瓣》中是象征着纯洁爱情的红花瓣……正是这些牵引着人物去超越现实，追求理想。张梅是写散文起家的，因此初期的小说也就有着散文笔法的痕迹，注意意象的描写就是一个明显的例证。在这个时期的作品中，我们常常可以看到诸如忧郁的美少年、暮色、凋谢的玫瑰、花瓣等意象，这些对应着作品的意蕴，使小说散发着唯美而凄凉的情调。

二

在谈及张梅前期的小说创作的时候，我有意地漏掉她 1989 年创作的中篇小说《殊途同归》。我并不认为它是张梅最为成功的作品，至少它内容的深刻性和艺术表达的稍嫌稚气所形成的反差破坏了小说的整体的圆融感，但是这部小说却无疑是张梅创作历程中具有里程碑意义的重要之作，它预示着张梅小说精神走向

① 引自张梅：《区别于大众情感的情感》，《作品》1996 年第 1 期。

的转变。关于这部小说内涵的深刻性，邵建有极为准确的描述："它是南方那个最大的城市的精神变迁史，它记录了那个城市从形而上到形而下、从精神到感官、从'教父'到市民、从意志到欲望这样一种无可逆转的沉降过程……"① 其实张梅记录的不仅是一座城市，也是一个时代的转折史，而且，更为重要的是，她让我们看到，这个时代是如何转折的。作为小说的主角，那一个以"教父"圣德为中心的思想群体，本来是以理想主义者和启蒙者自居的，他们之所以要高扬新思想，创办《爱斯基摩人》杂志，"就是为了把理想和文化灌输给市民"。可是一旦他们面对一个全新的商业化时代的到来，而且发现十几年来的思想探索在新时代似乎已无意义和价值之后，他们马上变换角色，"将自己曾经有过的骚动、苦恼和追求交给冥冥"，然后"跨入新一代的行列中：抽三五牌香烟、穿宽身时装、喝可口可乐、跳的士高"。在这里我们可以探究到这个时代转折的本质：先是思想和信念的贫困和失败，而一旦理想和信念被消解和丢失，人的内心便会走向空洞和虚无，欲望于是乘虚而入。张梅20世纪90年代的小说创作，表现的正是人在丢失了理想和信念之后，如何走向迷惘和虚无，如何在欲望的支配下走向堕落。

这种精神走向首先是从她笔下的人物体现出来的。王干曾经以"游走者"去命名"新状态"作家笔下的人物形象，但对于张梅的人物来说，我觉得用"游闲者"去命名更为恰当。她笔下的人物，比如《爱猫及人》中的慧芸，《蝴蝶和蜜蜂的舞会》中的萍萍、珊珊和翠翠，《孀居的喜宝》中的喜宝，《冬天的大排档》中的沈鱼，《保龄球馆13号线》②中的那个男人，他们的名字各不相同，却有相同的生存方式和状态，他们不再像张梅早期笔下的人物那样去寻找什么或固守什么，他们无目标也无方向，因而内心呈现空缺和虚无，这种内在的空虚促使他们在都市浮华背景下寻求外在的热闹、慰藉和刺激；慧芸因为内心的空缺而养猫，因养猫而加入了陈夫人的麻将桌，而爱上了潇洒的皮蛋三。其实她之所以爱皮蛋三，只是像猫那样为了寻求依托和慰藉，为了填补内心的空缺，因此她面对皮蛋三，才有了"那我来做你的猫吧"的心理冲动（《爱猫及人》）。萍萍、珊珊和翠翠则是三个自甘堕落的女性，她们成天忙于参与、操办各种各样的舞会，或者化好妆，然后等着男孩子来接她们去游玩、看电影、吃夜宵，与这些

① 引自邵建：《南都女性"浮世绘"》，张梅：《酒后的爱情观》，北京：作家出版社1995年版。
② 张梅：《保龄球馆13号线》，《人民文学》1996年第1期。

男孩子调情甚至主动要求做爱。她们的生存状态不像猫，但像蜜蜂和蝴蝶，"快乐而飘忽"（《蝴蝶和蜜蜂的舞会》）。来到保龄球馆的那个男人显然是来寻求刺激的，似乎对经历的一切包括婚姻都已厌倦，而保龄球对他而言还是陌生的，但打了几个球之后，"他开始对这个玩艺感到不再新鲜，厌倦再次袭击他的心头"（《保龄球馆 13 号线》）……总之，这些都是无所求的都市闲人，他们出入舞厅、保龄球馆、电影院等娱乐场所，或者成天泡在牌桌旁、咖啡屋里，通过游玩的方式填充荒芜的内心。他们无所求，因而也可以说是失去生存本质的影像模糊的一伙闲人。这种无本质无目的的存在使他们常处于恍惚和犹疑之中，甚至产生错觉。《错觉》写的就是因为女主人公敏雨的错觉而生发的一个有点荒唐的爱情故事。

游闲者不单无所求，也无所信。比如爱情，在这些人中是不存在爱情的，更不存在梅丽和陈辛的殉情。当灵魂从肉身上失落之后，爱情剩下的就是诱惑和勾引，是欲望的满足。喜宝刚失去丈夫，不久一个健壮而陌生的男人便马上"潜入了她的寂寞"。白萍萍可以把爱从朱力移到萧三身上，又可以从萧三身边重新回到朱力的怀抱，这也足以证明她寻找的不是爱情，而是欲望的满足。其实这些人不仅不存在爱情，也不相信友情。《各行其道》中的子美与淑华是好朋友，却背着淑华偷偷约会她的前夫；《蝴蝶和蜜蜂的舞会》中的珊珊竟为了自己的利益把朋友齐靖诱骗给一个男人。游闲者的悲哀也就在这里：因无所求而被逐出精神的家园，因无所信又失却了现实的家园，因而他们便只有在孤独和寂寞中自怜自叹。

我觉得，张梅在这里言说的是另一生存之痛，不再是前期那种理想受到挤压的"存在之重"，而是人生太空虚无聊，人生的本质太轻飘以至于人无法承受的"存在之轻"。张梅对她笔下人物的空虚和无聊是抱着讥讽的笔调去描写的，但常常又夹杂着理解和同情，夹杂着疑问和困惑，这融注在作品的体验似乎暗示着作家本人的精神也经由着从理想主义走向虚无的过程，张梅自己就说过："我的精神状况一直是虚无的，有人说我是散淡，其实更准确地来说是虚无。"① 我想，张梅在这里道出的不仅是自己真实的心态，而且是一代知识分子在这个社会转型期的一种普遍精神状态，当旧的已然崩溃而新的尚未到来，于是人们在精神上便处于一种无可归依的虚无状态。当然，我觉得还有必要指出的是，张梅骨子里是

---

① 引自张梅：《区别于大众情感的情感》，《作品》1996 年第 1 期。

一个理想主义者——我想这大约是生长在 20 世纪 50 年代的人几近宿命的限定，而一个骨子里是理想主义者的人是不能长久地忍受虚无的，张梅新近的创作就似乎暗示着这一点，比如 1996 年发表的《这里的天空》，这部中篇小说写了一个到广东闯世界的打工妹红，尽管红在生存环境的挤压下常感到苦闷和无奈，尽管红在现实中还找不到出路和方向，但红毕竟不虚无，她有理想，哪怕是关于老板、关于丈夫、关于房子的世俗的理想，而正是因为有这理想，她最终才得以守住自己的人格。再比如发表于《作品》1997 年第 1 期的《红》和《乌鸦与麻雀》，尽管生存背景仍然是灰色的，但作者让她笔下的人物在生活中顿悟到温情的宝贵，人生也因此有了一丝亮色。我在这里并不是想指出张梅以后会，也应该给她的作品涂抹上理想的色彩，一个作家找不到信仰却硬要给他的作品涂抹理想反而显得矫情。但我想指出张梅骨子里的那种理想主义的特质大约是不会错的。这一点就足以使她与更为年轻的"韩东们"区别开来。而正是基于这种理解，我以为把张梅归入"新状态"似乎不大恰当。

三

在描述了张梅小说的精神走向之后，我想谈谈张梅小说独特的况味，单独地阅读她的某一篇作品未必能强烈地体会到这种滋味，可是读得越多，你就越能感受到那种从作家生命深处散发出来的，因人生的孤独、脆弱和无常而生发的沉郁和悲凉。这种人生的悲凉感几乎可以说是她的小说的精神标记了。

读过张梅散文的人大致都知道张梅的身世。在《仁爱的母亲》和《清明》①这两篇散文中，她伤感地记叙着自己的家庭：十一岁那年失去母亲，二十岁失去父亲，二十三岁的时候大姐又去世。人在这样的年龄阶段，是已懂人事了，而心灵却是最为敏感和脆弱的，因而我们就可以想象这接二连三的打击会在张梅的心灵留下多么深刻的印痕。这种凄凉的身世感既给她的人生烙下了忧郁的底色，又培养了她对人生悲剧境遇的异常的敏感，催生了她早熟而忧伤的灵魂。因而我们也就不难理解张梅日后的小说为什么总是散发着那种忧郁和悲凉的气息了。

张梅小说的悲凉感首先是源于她人生孤独的体验和言说。在张梅的小说中，"孤独"是一种弥漫性的生存氛围。她小说中的主人公，不管男人还是女人，不管生在偏僻的乡村还是繁华的都市，"孤独"几乎是他们共同的生存体验和生命

---

① 见张梅：《此种风情谁解》，上海：上海人民出版社 1995 年版。

表征。在她前期的小说中，孤独更多是因为"现实之家"的残缺和生存环境的挤压。《少女娜娜》、《月圆之夜》、《紫衣裳》中的娜娜、梅丽、紫云就都是因为父母的早丧或离异而成了生活中的"孤儿"，家庭的温暖和保护的逝去使她们过早地经受了尘世的孤单和凄凉。而在《摇摇摆摆的春天》和《酒店大堂》中，我们可以看到主人公的追求往往不被周围人物包括家人所理解，他们与这个世界的对话被否定，于是就只能凭梦想、幻觉般的自言自语在生存的泥淖中徘徊、挣扎。在张梅后期的小说中，孤独不仅因为"现实家园"的残缺，更因为"精神家园"的失落。在"游闲者"那里，现实家园的残缺更多的是体现在夫妻的同床异梦，朋友的互相猜疑，人与人的难以沟通。就如《爱猫及人》中的慧芸，她是因为"没有朋友"才去养猫的，而猫又把她带进了旧时同学陈夫人热闹的生活圈子，那里有麻将，有与她似乎是一见钟情的皮蛋三。后来，陈夫人的猜疑使她退出这个生活圈子，而猫的存在又好像使她与皮蛋三之间很难再有男女之爱。最终，慧芸觉悟了，"猫儿才是她的朋友"，她与陈夫人、皮蛋三之间，只是"爱猫及人"罢了。我觉得这最后一笔真是精彩，非常深刻地写出了人与人之间的无法对话，写出了人在这个世界的陌生和孤独。自然，一个人设若有着理想和信仰，即或他是生活在无爱的环境中，也会活得幸福和充实，问题就在于，"游闲者"不但在现实中找不到家，在精神上也处于无家可归的状态，也就是说，他们不但与世界、与他人隔绝，而且也与自我离弃，这种孤独也就不能不是彻骨的了。总之，在张梅的小说中，我们看到的是一群无"家"的个体生命在都市的空间四处飘游，孤独、苦闷、厌倦、虚无交织成一曲人生的悲剧旋律，张梅的小说也因此散发着忧伤、悲凉的气息。

张梅小说的悲凉感还源于对世事沧桑、人生无常的感悟和言说。张梅写都市的深刻之处，在于以自己忧郁的眼睛，透过都市表层的狂欢景观，透过喧闹的社会生活场景企及人生的底蕴，感悟着人性的脆弱、人生的无常。在《蝴蝶和蜜蜂的舞会》中，我们看到白萍萍们如何在各式各样的游玩中尽情地享受着生命的欢乐，挥霍着过剩的青春，但狂欢之后呢？小说结尾有这样一段描述：

一过秋天，我们四人明显地老了。女人的容貌真是一场秋雨一阵凉，一阵时间明艳如花，然后突然就老了，然后又固定一阵子，又突然衰老。就这样一点一点地老下去。一天见到珊珊的双颊松了下来，我的心便浮起一阵悲凉。齐靖原来丰润的肩膀在某一早上也干枯了，一条银手链戴起来松松垮垮的。晚上，我们坐在灯下，互相看望，沉默不语。

类似的场景和体验我们在诸如《爱猫及人》、《记录》、《各行其道》、《乌鸦与麻雀》、《老城纪事》① 等小说中都可以感受到，作家通过这样的场景所要传达的，是一种喧闹过后的寂寞，繁华过后的凄凉。这可不是一般的容颜易老的感慨，而是作者对整体人生的深刻感悟，从中我们可以窥见自小已埋葬在张梅心灵深处的沉郁的人生悲凉感。这种悲凉不是浮在作品的表面，而是作为一种"底色"烙印在她的每一篇小说之中。

四

读张梅的小说常使我联想起一个意象：水。这首先是因为张梅的小说所采取的是一种主观化的叙述姿态，她一般摈弃那种纯粹描摹事象的客观描写，尽管她后期写得冷静和节制，但是，我们还是能体味到悲凉的感情如水般漫延在她的叙述中。当然，如水的感觉也和张梅的小说叙事结构和节奏有很大的关系。

张梅的小说不太注重故事性，她曾经说自己不太擅长讲故事。她的叙述兴趣和能力体现在对人物心理的描写和场景的描绘上。她善于对女性隐秘的内心世界进行细腻、绵密的描写和铺排，她善于敏锐地捕捉人物微妙的心理和瞬间的感觉，而她对女性独处的场景和氛围的描写也很有创造性。我有时觉得，她不注重故事性、情节性是一种策略，可以把我们的心智引向场景和氛围，引向人物的内心世界。这样，张梅小说的结构大多不是紧张严密的，而是随意松散的。最典型的是她的《红》，这是一部中篇小说，但当你读后去回想，很难说有多少情节性内容。小说是采用一种"内焦点叙事"的手法，叙述了少女红住院期间在医院的所见所思所感。作者写了红初到医院的陌生和恐惧，红对一个患白血病男孩的怜爱和牵挂，患乳癌的女人和天天来医院唱歌给她听的女儿的故事，中间穿插描写了病房内各式各样的人生以及红身处这个集体中的温暖。这些场景间不仅没有紧密的逻辑联系，也没有紧张的情节推进，但作者却写得极其耐心和细致，让我们领略着主人公隐蔽微妙的内心世界和她对生活的感受和渴望。张梅的小说多是在这样一种平淡、松弛的叙述中展开，我想这与她是以写散文登上文坛的有很大关系。

---

① 张梅：《老城纪事》，《钟山》1995 年第 4 期。

与这种松散随意的结构相联系，张梅小说的叙述节奏大多是舒徐平缓的。本来，她的小说主要表现的就是都市"游闲者"闲适的生存状态和虚无的心境，和这种人物心态相协调的就应该是一种平缓的节奏。比如《乌鸦与麻雀》，作者写两位少妇相约去喝下午茶，先是写两人因怕对方挑剔如何精心挑选衣饰，接着是见面之后如何相较量和妒忌，琴师的挑逗又如何在两人的内心泛起涟涟波纹，最终是对人生无常的顿悟使她们惺惺相惜。整个过程作者似乎是与主人公沉浸在同样心境中，写得不急不躁，不厌其烦，而就在作者细致得近乎琐屑的缓慢的叙述中，那种优美、闲散而又冷清的生活场景，那种孤寂、空虚、无聊的心绪，便如水般弥漫开来。我有时觉得，张梅的艺术功力恐怕就是体现在从平淡、琐屑中写出人性，这与张爱玲的小说有异曲同工之妙。当然，张梅的小说有些因为不避琐屑而显得过于沉闷，这也是事实。

主观化的叙述姿态，松散随意的结构，平缓舒徐的叙述节奏，这一切使张梅的小说散发着南方潮湿的气息，使她的叙述，给人一种如水般舒徐漫延开来的感觉。

我喜欢读张梅的小说。对存在的执着使她常常能透过都市浮华的表层景观去企及人生悲凉的底蕴，而对于人物心理的细腻绵密的描写和从琐屑中写出人性的本领又充分显示了她相当的艺术功力。但她的小说也有缺陷，那就是委婉细腻却缺乏对生活的深广的概括力，这大约是女性作家大都会有的弱点，而且两者又似乎像鱼和熊掌一般难以兼得。但是在现代文学史上，大凡具有经典意义的女性作家，如萧红、张爱玲，又确实既能对人性进行深切细致体察，又能把所描写的女性命运推进到一个时代的大背景中去表现，因而作品读来也就比较厚重。事实上，从张梅的个别小说中，像《殊途同归》，已能看出她具备这样的潜力，所以，我们有理由期望张梅写出更为深厚的作品来。

（1997 年）

论池莉的新市民小说

  在新中国成立后的文学创作中，市民文学一向并不发达。因为在主流文化、精英文化乃至乡野文明中，市民文化是很受蔑视的。但是，自 20 世纪 80 年代中期之后，随着商品经济的发展，都市城镇地位的日渐重要和市民群落日益扩大，文学越来越表现出对都市风情和市民生态的关注了，这当中有几个作家群是较为引人注目的：有以张炜、贾平凹等人为首的"都市里的乡村人"，他们的文学有一个基本的主题，即在与乡村文化的对比中去揭示都市文明的沉沦和畸形；还有诸如刘索拉、徐星、苏童等一批"现代派"作家，他们是基于现代主义的人生观去表现在都市生存困境挤压下个体人格的分裂、精神的苦闷等。事实上，不管这些作家的创作视角如何不同，他们的立场是相同的，即站在知识分子的精神立场去审视、批判市民社会，因此，尽管他们表现了都市人的生存状况，他们的文学却少有市民气味和平民意识。倒是新写实的一些代表作家，比如池莉，她就不是站在超乎其上的知识者的立场而是以一种融于其中的民间立场去面对市民社会，以一种与世俗无二的现实话语去描摹市民生态，因此，她的小说就不仅有对城市底层民众生存状态的关注，更重要的是洋溢着一种在以往文学中少能感受到的体现了普通人现实利益和世俗价值的市民精神。

一

  其实，池莉一开始也是以一种知识者的眼光去审视市民社会的。比如她的《锦绣沙滩》，小说围绕着立雪和她的丈夫、公公、婆婆之间的矛盾展现了两种生存方式之间的冲突：婚后的立雪不能忍受"出门便跑菜场粮店，进门就扎上围裙"的日子，希望生活能多一点诗意和情趣，这自然是整天沉溺在世俗生活中的丈夫和公公、婆婆所不能理解的。因此，当后来立雪企图超越琐屑而单调的生活寻求一种感情寄托的时候，冲突便不可避免地爆发了。作者以凄怨的笔调展示了这样一个诗意人生被湮没于俗世的悲剧故事，从中我们可以感受到池莉审视生活的理想主义者的眼光。但是，随着《烦恼人生》及接踵而至的《不谈爱情》、《太阳出世》、《你是一条河》、《城市包装》、《一去永不回》、《你以为你是谁》等一系列小说的发表，我们可以发现，同是写市民，作者的叙述立场和价值取向已发生了很大的变化：作为知识者，启蒙社会、批判社会的立场被弃置了，取而代之的是民间即世俗社会的眼光，或者也可以说，作者以一种世俗的话语置换、消解着属于知识阶层的启蒙主义、理想主义、英雄主义的话语。

比如在《烦恼人生》和《你是一条河》中，我们可以看到池莉如何以小市民的现世哲学改写了英雄主义的内涵。《烦恼人生》展现了一个中年人在生存困境挤压下的艰辛和挣扎，这个主题使人很容易联想到谌容的《人到中年》，但印家厚毕竟与陆文婷不同：陆文婷执着的是形而上的理想和信念，纠缠着印家厚的却是诸如住房、奖金这些形而下的物质性欲望；陆文婷是在超越了艰辛困苦的现实中成就了英雄，印家厚在生存困境的挤压下却不得不压抑自己的理想和愿望。我们自然可以指责印家厚为什么不能像陆文婷那样超越现实，但是问题在于，对于像印家厚这样的小市民来说，现实是能轻易超越的么？池莉告诉我们："那现实是琐碎浩繁，无边无际的，差不多能够淹没销蚀一切，在它的面前你几乎不能说你想干这干那，你很难和它讲清道理。"① 的确，现实是无情的，比如当你面对在艰辛年代里那个需要拉扯八个孩子长大成人的寡妇辣辣（《你是一条河》），会觉得诸如理想、事业、爱情甚至道德这些东西在她的面前是何等苍白无力。其实辣辣也好印家厚也好，都清醒地意识到他们所要争取的首先是活着，是获取生存的最基本条件，因为生存的价值高过任何人生价值。正是这种底层市民的生存哲学使他们最终活下来——池莉在小说中让我们领略了他们在生存的困窘挤压下的辛酸和无奈，也让我们领略了他们在与命运搏斗中所体现出来的顽强的生命力。在她看来，对于底层民众来说，超越现实的英雄主义只能是虚幻的神话，背负现实的艰酸的才是实在的英雄。

与此相联系的是池莉的《不谈爱情》、《太阳出世》、《你以为你是谁》等书与其关于爱情、婚姻的篇章。已有不少人指出这些小说是对于爱情神话的解构，但在我看来，池莉要解构的不是爱情，而是以往爱情所负载的理想主义话语。至少池莉并不否认爱情的存在——比如你能够说在陆武桥和宜欣、庄建非和吉玲、

---

① 池莉：《我写〈烦恼人生〉》，《小说选刊》1988 年第 2 期。

赵胜天和李小兰之间不存在爱情么？只不过在他们，爱情不是以我们平素所想象的非常单纯、浪漫的形态存在，它或者被溶解在琐屑艰辛的现实生活中，成为充满辛酸、纠缠的俗世的一部分，或者被演绎为消费欲望和计算效益的生产过程。事实上，爱情之所以是万古常新的文学题材，就在于它在本质上既是飞翔的，充满诗性想象的，又是俗世的，挟带着人的现世欲望。而池莉所要剥落的就是爱情的诗性想象本质，她似乎想告诉人们，也许在意识形态至上的年代，爱情可以是超越现实时空的，而在越来越商业化的今天，在小市民这里，爱情的诗性话语已被撕成纷纷扬扬的碎片，飘浮在俗世的长河中。像庄建非、宜欣们，就是以非常理智、世俗的眼光去看待婚姻、爱情的。读着这类小说，我常觉得，池莉与其说是在讲述爱情，不如说是借此去确立市民的生存法则。

至于在诸如《城市包装》和《一去永不回》这类作品中，池莉则以世俗化的生存态度消弭了流行于 20 世纪 80 年代文学的启蒙话语。池莉这些小说有一个共同的主题，即现代都市青年对家庭的叛逆和逃离。其实早在铁凝的《没有纽扣的红衬衫》、陈建功的《鬈毛》等小说中我们已接触到这类主题，只不过安然和鬈毛是企图通过反叛传统和世俗去获取自己的个性和价值。从中我们不难感受到作家们对于现代个性的热切呼喊，而巴音和温泉并不求生命的深度和意义，她们只想过一种充满乐趣的、自由自在的世俗生活——或者说她们宁愿让大众淹没自己的个性。这就必然与父母辈那种正统的知识分子生存方式发生冲突：巴音的父母是知识分子，他们希望巴音也能进入知识阶层，但巴音不愿意。她很讨厌父母那种过分理智、刻板的生存模式。她崇拜麦当娜，渴望金钱和情爱，整个是欲望的化身。后来她逃离了家庭，在歌厅当一名歌星。因为只有在这种世俗的生活空间中，她才能自由地展现自己的感性欲望，才能尽情地消费她的青春。温泉也一样，她彻底看透了知识阶层的教条、虚伪，在她的眼里，倒是那些被知识者瞧不起的工人们活得感性和真实，她喜欢的就是那种充满感性色彩的生活，她后来种种惊世骇俗的壮举，不外就是要跟所爱的人过上小市民温馨而又实在的生活。其实，只要我们稍加注意，就会发现池莉的不少小说一再地展现了世俗文化向知识阶层生存规范的挑战，比如《不谈爱情》、《滴血晚霞》、《太阳出世》等，在这些小说中，池莉几乎无一例外地表现了对于知识社会的嘲弄和对世俗生存方式的宽容和认同——在这一点上，她与王朔倒是有些相似。

写到这里我想起了兴起于八九十年代的新写实小说，其最本质的精神便是对理想主义、英雄主义话语的消解，在这个意义上池莉堪称新写实的主将。当然，池莉在解构的同时也在完成一种建构，即对于市民生存方式、生存价值的正名。在以上所列举的小说中，池莉塑造了各式各样的小市民，有文化程度较高的医生、技术工人，也有不识字且处于社会最底层的家庭妇女。但他们的价值观念是差不多的，在此岸与彼岸、现实与理想、物与精神、理性规范与感性生命之间，他们首先选择的是前者。不能说他们没有理想，只不过这种理想不是对于社会和人生的终极关怀，而是寻求现世生存的当下实现。不能说他们没有价值关怀，只不过在他们看来生存的或生命的价值高于其他人生价值。这是一种执着于现世生存的本体价值的人生哲学，一种现代市民精神。对这种市民精神池莉无疑是一种认可、赞许的态度。这关键在于她的叙述立场。池莉曾说过："自从封建社会消亡之后，中国便不再有贵族。贵族是必须具备两方面条件的：物质的和精神的。……所以'印家厚'是小市民，知识分子'庄建非'也是小市民，我也是小市民。"① 这话就有几分调侃、自嘲的味道了。池莉也像小市民一样承受着都市生存困窘的挤压却是事实，这就使她很容易地弃置了知识分子凌驾于世界之上的叙述立场，转而采用一种民间的平视的叙述态度，因此，她的小说不仅凸现了都市底层民众的生存困境，也表现了对市民生存状态和行为的认可和赞许。

其一，其小说揭示了底层市民坚韧的生命力。这种坚韧的生命力，更具体说，就是一种在环境挤压下忍受苦难、穿越苦难的生存能力，它更多不是体现在对环境的超越，恰恰相反，而是在对困境的忍耐和承受上。池莉笔下的"花楼街"、"沔水镇"中底层民众差不多都承受着诸如收入不高、住宅狭小、交通拥挤、养老抚幼等生计、日常问题的困扰，而面对艰窘的生存环境的挤压他们又都是持顺从、忍让而不是抗拒的态度：就如印家厚为了谋求生存不得不压抑自己在事业、感情方面的理想而屈从和"苟活"，就如辣辣为了一家人的活命以肉体向粮店老李、血库老朱换取粮食和金钱——池莉没有回避她笔下人物的平庸和鄙俗，但平庸俗气的下面涌动着一种生生不息的生命力，正是对困境的忍让和背负显示了一种生命的韧性，正是在困境挤压下的窄处求生体现了顽强的意志力。这种重压之下显现出来的坚韧的生命力其实也正是我们民族最宝贵的精神。池莉说过："我以为我的作品是在写当代的一种不屈不挠的生活；是在写一瓣瓣浪花，而他们汇集起来便体现大海的精神，也许我的笔没有恰如其分地表达出这个意思

---

① 池莉：《我坦率说》，《池莉文集》（第4卷），南京：江苏文艺出版社2006年版，第223、224页。

来，这不能不使我感到几分沮丧。"① 但我觉得，池莉分明已表达了这种精神。

其二，其小说描绘了富有生机、活力的市民生存图景。把眼光从富于社会政治意义的生活事件或历史事件转移到琐碎的家庭生活片段和市井生存场景，是新写实小说的一大特点。池莉的小说也是如此——我发现一旦池莉触及市民社区的凡俗琐屑的生存状态，她的笔墨就显得特别鲜活甚至是流光溢彩的，相反，她对于上流知识社会的描写却多少有点单调、刻板。自然，池莉笔下的市民生态与其他新写实作家是不同的，既不是方方那让人沉重得喘不过气的"河南棚子"，也不是刘震云令人尴尬沮丧的"一地鸡毛"，而是"热也好冷也好活着就好"的艰窘而又富于生机活力的生存图景，请看她在《你是一条河》中的一段描写：

> 大米够吃，辣辣经常能连买带捡地弄回一大筐蔬菜，不到七岁的社员居然可以背回一篓篓木柴和煤，每两个月大喝一次龙骨汤，日子过得似乎比父亲在世时还滋润一些。一家八口，不论是谁放了个响屁，立刻就有人模仿取笑，闹成一片，家里充满了快乐的生机。

生活是艰辛琐碎却又充满乐趣的，自然，这是富于世俗色彩的生活乐趣——仅仅是因为够吃外加每两个月喝一次龙骨汤，日子便津津有味起来。事实上，池莉笔下的小市民，有哪一个在追求宏大的理想呢？对于印家厚来说，他只要有一间自己的房子，只要让妻儿尝尝西餐的味道；对于赵胜天、李小兰来说，只要他们的女儿能吃上能恩奶粉；对于温泉来说，只要与她所爱的人过上温馨、实在的市民生活。这些大都是琐碎的形而下的物质性欲望，而正是因为这些欲望支撑着，生活才变得有滋有味、多姿多彩。我想，在新文学史上，恐怕除了张爱玲，少有人像池莉这样以令人感叹的笔调描写着小市民的欲望和情趣。

事实上，正是这种叙述立场和态度使池莉与其他作家，包括风格与她相类似的方方和刘震云区别开来。比如方方，她的小说也描摹了都市底层民众的生存景况，但是那沉重而艰涩的生存图景，那当生命受到压抑，人性遭到扭曲时作者按捺不住的激愤，明白无误地显现了作家对生活的悲剧性的审视，显现了作家固守着的批判社会的知识分子立场。至于刘震云，他常用反讽的笔调去揭示存在的辛酸和无奈，而反讽，说到底也是知识分子批判现实和自我批判的一种方式，所不

---

① 池莉：《我坦率说》，《池莉文集》（第4卷），南京：江苏文艺出版社2006年版，第223、224页。

同的是这种批判因为主体在强大现实面前的无能为力而往往演变为一种喜剧式的揶揄和嘲讽。只有池莉，以一个民间歌手的身份，以一种温馨、平和的笔调书写着市民的酸甜苦辣悲欢离合，只有池莉，真正地具有一种世俗情怀。

二

接下来的问题是，是什么促使池莉完成了从理想主义到现世主义的转变？

这当然可以从多个方面去解释。比如我们可以考虑传统文化的承传对于作家创作心态的制约：我觉得李泽厚用"实用理性"去概括传统文化精神是非常准确的，中国的确是一个较为讲求实际的民族，我们向来少去探求与实际生活无直接关联的人生终极价值问题，我们更为关注的是现实人生，是世俗生活。假如说在理想主义占据着社会主流话语的年代，这种文化精神尚沉潜在现实的底层的话，那么可以说在八九十年代商品经济大潮的带动下，它已与消费社会的实利精神相结合演变为一种实用主义占据社会主流话语，而池莉和她所属的新写实文学正是在这种文化背景中生长起来的。此外，我们还可以从 20 世纪 80 年代中后期知识分子的地位、心态的变化去分析。池莉的市民小说是在 1987 年前后开始写作的，期间及此后文化启蒙的连连失败把知识分子的眼光由政治空间转向社会的边缘，理想和信仰的失落也使知识分子的眼光由政治空间转向民间社会，由英雄主义转向凡俗人生的真实景观。

但是这些还都是外部环境的制约，更主要的是作家自身因素的影响。一个值得注意的事实是，我们以上所论及的小说都写作于池莉结婚之后。结婚对一个人来说是一种成人仪式，它意味着从此必须去认可和背负现实，而现实，池莉曾在长篇散文《怎么爱你也不够》中记述她的艰辛和琐屑，特别是女儿出生之后，诸如经济负担重、住房狭窄、孩子入托困难等许多日常琐碎的问题困扰、纠缠着她，也正是在这种纠缠和困扰中，池莉对生活和人生有了新的认识。

其实也就是十个月。我吃的苦很多，想的事很多，悟出的道理则更多。我变得果断了，独立了，务实了。我不再为一些小小的情调所动心所陶醉。

……

由此，我暗暗地检讨了自己：是否太偏重精神方面的感觉而忽视了实际上应该做的事情，我这个毛病不仅表现在对女儿的照顾上，而是贯穿在我至此之前的全部人生之中。我务了多少虚而废了多少实啊！①

　　和庄建非、赵胜天们一样，池莉也是在婚姻中成熟起来，而成熟，就是丢弃理想的、浪漫的东西，去对现实认可和妥协。事实上，正如池莉的文友所说的，她本来就是一个"会过日子"且"对过日子比写小说更感兴趣"的贤淑、实干的女人，而婚后所受的艰困的生存环境的挤压，更使池莉加速完成从理想主义到现世主义的转变。

　　不管你是否喜欢，随着商品经济的发展，市民开始大踏步走上社会舞台并扮演重要角色，市民意识也会代替知识分子的人文理想主宰当代社会的精神取向，因此，设若文学把这一新崛起的市民阶层拒之门外不免有点鸵鸟精神。池莉对于当代文学的贡献，就是率先在小说中表现了这一新崛起的市民群以及他们执着于现世生存的价值取向，充当了市民的代言人。但是，也正是这一点界定了池莉小说的局限：对一个作家来说，消解了自我作为知识分子角色同世俗现实之间的文化距离，把简单地认同世俗现实作为艺术表达的终极话语，这无疑会消解艺术的诗性品质，并削弱作家把握社会人生的深度。池莉的弱点恰恰就在于缺乏对现实生存的否定和超越，缺乏在此基础上所建构的超验性终极关怀。她曾指出中国文人"自感是名士精英，双脚离地向上升腾，所思所虑直指人类永恒归宿"②，我倒觉得，中国文化重实际轻玄想、举世俗贬抽象的精神濡染常使我们的文学过于胶着现实而缺乏一种形而上的终极探求精神，而大凡伟大的文学家和伟大的作品，又必是超越了现实层面的对人类命运、存在价值的终极关怀。事实上，古今中外的文学大师，诸如曹雪芹、托尔斯泰、福克纳、卡夫卡、马尔克斯等，有哪一个把自己的眼光界定在市民的世俗空间之中？有哪一个把叙事主体下降为一种与世俗完全等同的角色？当然，假若池莉以超越现实的姿态去审视市民生存状态，在获得艺术深度的同时又可能会失却她小说中那种温馨的世俗情怀和市民生态的"原汤原汁"的情趣和滋味，我想这就是所谓的悖论吧。

（1998 年）

---

① 池莉：《怎么爱你也不够》，《池莉文集》（第 4 卷），南京：江苏文艺出版社 2006 年版，第 262、295 页。

② 池莉：《写作的意义》，《池莉文集》（第 4 卷），南京：江苏文艺出版社 2006 年版，第 244 页。

论王海玲的特区系列小说

大约广东文坛近年是女作家走红的时候，首先是张欣、张梅，现在又有一个王海玲。其实王海玲早在 20 世纪 80 年代初就走上文坛了，在大学二年级的时候她便发表了处女作《筷子巷琐事》，之后不久成了江西省崭露头角的青年作家。1985 年她从江西调到珠海特区工作至今。正如她所说的，她是跟珠海一起经历了奋力爬坡和经济高速发展的时期，这期间的生活和经历无疑成了她后来创作的重要资源。事实上，她真正引起文坛关注的正是近年所创作的特区系列小说。其中包括《东扑西扑》（《特区文学》1995 年第 5 期）、《在特区掘第一桶金》（《广州文艺》1995 年第 5 期）、《热屋顶上的猫》（《花城》1996 年第 6 期）、《亦真亦幻》（《钟山》1997 年第 1 期）、《四季不断的柔风》（《当代》1997 年第 5 期）等。据我所知，在这短短的几年间，王海玲已有六部小说被《作品与争鸣》和《中篇小说选刊》转载①，我想这足以证明她的小说正在引起越来越多人的关注。

王海玲的特区系列小说有一个基本的主题：揭示了渴望致富如何支配特区人的生活愿望和人生选择。这个主题又常常是通过一个只身闯特区的女人的坎坷曲折的人生历程体现出来的。王海玲南迁的经历使她善于去表现站在特区的边沿受着金钱社会的挤压，又不断向特区寻找、冲击的女性形象。《在特区掘第一桶金》讲述的便是一个抛弃了周遭所有、千里迢迢来特区淘金的年轻女性蓝黛的故事。蓝黛是一个不甘平庸的现代女性，她是"拂袖将研究生毕业后分配给她的那只铁饭碗摔掉"之后来到特区的。她美丽、年轻、聪敏，也有知识，但是在一切以经济为中心的特区，仅仅拥有这些是远远不够的，金钱才是衡量一切的终极标准。为了使自己更像一个白领丽人，蓝黛第一次购买衣服时便花去几乎所有的积

---

① 具体转载篇目为：《在特区掘第一桶金》、《东扑西扑》、《热屋顶上的猫》分别被《作品与争鸣》1996 年第 5 期、第 7 期和 1997 年第 5 期转载；《亦真亦幻》、《与晋代美女同行》、《好你一个卷发的老洪》分别被《中篇小说选刊》1997 年第 3 期、第 5 期和 1998 年第 3 期转载。

蓄，这使她切身体会到在特区拥有财富究竟意味着什么，她暗暗对自己说："我要搏，搏出自己的公司，搏出一套自己的房，搏出一辆自己的车……要让一面面大镜子永远映出我的自信、我的光彩和我的优雅。"最终她看准了身家几千万的总经理麦开宏，以初夜的代价换取了一种产品的代理销售权，然后凭借自己的能力和才华一步步接近自己所追求的目标。

在这部小说中，最耐人寻味的是对麦开宏和蓝黛两性关系的描写，这一关系是理智、冷静、坦率的。麦开宏清楚蓝黛并不喜欢他，之所以委身于他是希望借助他的力量在特区开创事业，而蓝黛也明白告诉麦开宏只想从他那里"得到一个发展的机会"。也就是说，是他们自己撕下了"温情脉脉的面纱"，揭开了这一关系的交换本质。也正是这一理智的态度使蓝黛在失去贞操时并没有为此感到很不幸，更没有把自己或别人折磨得死去活来，本来她以为自己会彻夜失眠，"但是很奇怪，并没有想象般的那样失眠"，对于特区生活的深悟已使她变得非常务实、冷静和开放，她深知要成功，就必须放弃一些什么东西。作者无疑在这里塑造了一个以往文学少见的新型都市人物。

在王海玲以后的小说中，我们常常可以见到与这部小说相类似的人物形象、人物关系乃至相近的故事情节。《伤心美容院之歌》中的思瑜原是在美容院做美容小姐，做美容小姐收入并不高，所以她后来便渴望自己能开一间美容院。当这种欲望"在幽静的夜晚悄没声儿地焚烧着思瑜"的时候，乐会朋出现了，思瑜并不喜欢这个"走路肥硕的肚皮仿佛稠油一般起伏"的男人，但是乐会朋愿意出 50 万给思瑜开美容院，他们两个很快便达成了金钱和肉体的交换。《热屋顶上的猫》中的丽莎和思瑜、蓝黛稍有不同，她当初来特区是想离开母亲和被母亲用金钱轻易解下裤带的男朋友，但是到了特区之后，金钱社会的挤压和红男绿女的耳濡目染也点燃了她内心的欲望。

> 丽莎冲完了凉，躺在小床上却感到全身更热了，有一股暗暗燃烧的火在这间幽静且海风来来回回鼓荡的小屋燃烧，丽莎不动声息地躺在这张小小窄窄的床上，感到那神秘的火焰在她的全身及脑海燃烧，在这燃烧下，年轻的丽莎在黑暗中双眼如猫一样发出幽幽的光芒……

正是在欲望的支配下，丽莎坚定了自己追求的目标，并很快与大款潘启明达成了交换。应该说，在丽莎心里是存在纯净的感情包括爱情的，但是在特区滚烫的"热屋顶"上，爱情已被蒸发成水汽随风飘散：在王海玲的笔下，特区是欲望的场所，在各种燃烧的欲望里，一些价值被焚毁，一些价值在燃烧中生成了。

作为一个女作家，王海玲对特区的关注首先表现在对特区女性命运的关切上。在这几部小说中，王海玲表达的正是对特区女性生存方式、生存状态的焦虑，这种焦虑不是来自政治或男权社会的压迫，而是来自金钱和财富的诱惑，相应地，她们在考验面前所要做出的反应并不是如何去反抗，而是如何去自处。在这些小说中，我们可以看到，几位女性都是自愿以自身作为筹码去直接换取物化的成功的，她们在走向"堕落"的时候，差不多都有过内心的矛盾和精神的失落，但是，强烈的占有物质的欲望会毫不客气地排斥羞耻心和道德感，因为她们都清楚在这样一个实利主义的时代，金钱比男人牢实。蓝黛就这样在内心提醒自己："女人是万万不能做一株依附男人的藤蔓的，永远，永远不能做藤蔓。"因此，在这些女性强烈地占有财富的背后隐含的是女性走向独立自强的追求。当然，我们也可以说这些女性的追求仍然是不彻底的，她们仍然是在寻求依靠，只不过依靠的是物质而非男人，但是，由对人的依赖过渡到对物的依赖，这毕竟是历史的一种进步，也是历史的一种必然，马克思在揭示人类从必然王国走向自由王国时，曾指出它不可避免的三个阶段：

> 人的依赖关系（起初它完全是自然发生的），是最初的社会形态，在这种形态下，人的生产能力只是在狭窄的范围内的孤立的地点上发展着。以物的依赖性为基础的人的独立性，是第二大形态，在这种形态下，才形成普遍的物质交换、全面的关系、多方面的需求，以及全面的能力的体系。建立在个人全面发展和他们共同的生产能力成为他们的社会财富这一基础上的自由个性，是第三阶段。①

也就是说，人类要经历从对人的依赖的阶段到对物的依赖的阶段的发展，才能达到自由人的最高境地。因此，当我们用道德的眼光去审视王海玲笔下的女性的生活愿望和人生选择的时候，她们的行为自然是不光彩的，但是当我们用历史的眼光去审视的时候，又可以看出某种进步的历史因素，尽管这种进步的历史因素在她们身上是以扭曲的形态出现的——事实上，新事物在旧舞台上往往就是以

---

① ［德］马克思、恩格斯著，中共中央马克思、恩格斯列宁斯大林著作编译局译：《马克思恩格斯全集》第46卷上册，北京：人民出版社1980年版，第104页。

扭曲的形态出现的。我想，也许正是意识到这一点吧，王海玲的叙事从不诉诸传统道德观念的批判性表达，她在写到这些女性的"自甘堕落"时，虽然也夹杂着不满和遗憾，但更主要的是宽容的理解，有时甚至对她们的冷静、理智的人生选择不自觉地流露出欣赏的态度，这就难怪有些论者要指责王海玲对她的人物采取辩护的态度了。而在我看来，她的小说的魅力和贡献恰恰就在于能够以宽容、理解乃至辩护的态度去面对特区社会中萌动着的，在传统道德眼光看来可能很别扭的新历史因素。我因此想起了不少特区文学，这些作品所反映的生活确实是特区的，但是眼光却是陈旧的，而读王海玲的小说，我们却能够感受到涌动着的一股浮浅的，却同时是生气勃勃、清新刚健的特区气息。

但是，仅仅看到王海玲对她笔下的特区人追求物化的欲望作了合理性的辩护或者作了中性的表达还不够，这只是她表达的一个意向，她的小说还有另一个意向，即对缺乏必要节制的物化欲望的反省和对在物化世界中失去了精神向导的人生状态的焦灼和忧虑。

王海玲塑造的形象大体上分为两类，一类是还站在特区边缘的野心勃勃的淘金者，比如蓝黛、丽莎、思瑜等。这些人物大都受过良好的教育甚至是高等教育，内心还保有在校园培育起来的浪漫的理想和想象。作者很注意揭示她们在面对物化生活时既兴致勃勃而又忧心忡忡的矛盾心态，一方面她们有占有财富和金钱的强烈欲望，另一方面当内心残存的浪漫的理想和想象在金钱社会被肢解得支离破碎时，又会体味到一种哪怕是短暂的失落和感伤。有时甚至作者还会表现这些在物欲世界中沉浮的人物对于自我生存价值和意义的叩问。比如《热屋顶上的猫》中与丽莎有着相似遭遇的燕子，当她以肉体去换取男人的一张张钞票的时候，有时也会拷问自己的灵魂。

燕子穿过大街走过小巷就这样走着走着。突然，燕子的心一惊，为自己毫无目的的行走心惊。燕子问自己，你是这样一个没有目的的人，说到底你的行走你的美妙的身姿和行尸走肉这句成语又有什么差别。想及此燕子索性在街边一条石凳上坐了下来，苦苦思索着自己活着到底是为了什么。

另一类人物则是已占有了财富的成功者，比如欧小姐、巩老板（《东扑西扑》）、闹钟（《寻找一个叫藕的女孩》）、侯七（《四季不断的柔风》）等。对于这些人来说，生存的物质方面的问题已然满足了，因为找不到精神的落脚点，空虚和无聊便会从灵魂浮出海面。欧小姐凭着自己的奋斗，在特区开了几间便利店，货如轮转，生意做得风生水起，手头已拥有 7 位数的钱财。但是物欲在成就了她之后又把她推向精神空寂的深渊，她和巩老板等一伙成天搓麻将，就是为了逃离空虚和孤寂，但是，热闹之后，大输大赢之后，感到的是更为沉重的空寂。当然，欧小姐对自己这种生存状态还是十分清醒的，所以，她时常鄙视自己，鄙视自己成天和巩老板、纪小姐这些来路不明的人搅和在一起，也就是说，她有一种从原来的生存状态中超拔出来的愿望。但是，对于王海玲笔下更多的成功者来说，他们可能也感受到空虚和无聊的侵蚀，但是他们对于自身已然物化的生存状态没有一种清醒的意识，他们拥有了钱，同时也被钱所拥有：金钱是他们生存的全部意义，是他们人生的唯一依托，失去这个依托，他们所构建的人生大厦将土崩瓦解，巩老板被骗去六百万元，他的生命也就彻底垮下去了。侯七生意失败，一栋十五层的商住楼被人拍卖，他顿时觉得人生失去了目标，他在街上跟随一位陌生的女人茫然走着，却不知道自己要走到什么地方。我觉得王海玲通过这些形象深刻地表达了物对人强有力的主宰，表达了在这种主宰下人的脆弱和无力，而透过作家不无调侃和揶揄的笔调，我们也能感受到她对于这些失去了精神向度的"单面人"的反省和批判。

人类从相信"人"的时代过渡到相信"物"的时代，这是历史发展的必然，但是，高度物化的社会就能给人带来幸福和快乐吗？一方面，王海玲对现代人对物欲的追求作了合理性的辩护，而另一方面，她对于过分物化的生存状态又不无焦灼和忧虑，特区人在追求物质并在物欲渐渐得到满足之后，如何才能活得更为丰富而充实，这正是王海玲的小说所关切和探究的。

王海玲的小说无疑都是"好看"的，而构成她小说可读性的一个重要因素即故事性强。这样说可能会引起一些人的误解，以为王海玲的兴趣在于编织离奇曲折的故事情节。说她的小说的故事性强，是指她的小说的线性叙事方式。她关注的是人物的行动本身及其结果，而不是像传统现实主义小说那样重视人物内心动机、心理冲突的挖掘和描写，也不像有些女作家那样喜欢东拉西扯，以致有时让人觉得过于琐碎和啰唆，她的小说的叙事是线性展开的，从人物到情节，一出发即向后传递，形成一条流畅的渠道。所以她的小说的结构绝不会松弛散漫，而是显得集中紧凑，读她的小说也绝不会觉得沉冗烦闷，而是觉得简洁明快。这种简洁明快的文本无疑是很适合现代大众的阅读口味的。当然，这样的文本也难以满足我们阅读深刻性作品的渴求，比如在王海玲的小说中就很少有很有性格深度的人物形象。但是，在王海玲所表现的那个市场特征极为发达的特区，人和社会的平面化是必然的，从这个意义上讲，王海玲这种简洁明快的线性叙述方式倒成了一种有意味的形式了。

构成王海玲小说可读性的另一个重要因素可能是她的语言。语言对一个作家的重要性是不言而喻的，而王海玲，我觉得她对于语言有一种敏感和自觉意识："我的小说经常是起先没有故事，倒是先有了一段感觉很好的，似乎可以触摸的语言"，"我觉得故事并不是那么重要的，故事精彩不精彩关键在于包裹它的语言精彩不精彩"。① 王海玲在叙述的时候，喜欢使用两套语言：日常化的语言和诗意化的语言。在描述都市的生存空间时，使用的是口语甚至粤方言。她笔下的都市丽人常出入高级宾馆、美容院、夜总会等娱乐、消费的物化空间，与之相联系，"揸车"、"搓麻将"、"买单"之类的方言词散漫在她的作品中，读起来有一种脆生生的感觉，非常生活化。事实上，粤方言生脆、浅俗而富于动感，是很适合描摹都市的欲望化空间的。在叙述人物特别是描写人物心理的时候，王海玲使用的则是很"可以触摸"的毛茸茸质感的诗意化语言。试读读《热屋顶上的猫》中的一段文字：

四周夜色浓重得仿佛已有了一种物质的属性，暗黑暗黑地一层层地缓缓流动，一层层地撞击挤压，身边张鸿建已入睡，而小雨却感觉自己被绒布一般的夜色紧紧包裹着，以往岁月五颜六色的花朵在小雨心中，在紧紧包裹的夜色里灿烂地开放着，它们在一瞬间的开放之后又迅速地凋谢了，所有的花瓣聚拢在一起颜色暗淡地任想象中的风吹来扫去……

这是非常女性化的语言了，她能把隐秘、幽微的感觉传达出来，她能在文字中融进自己的感受和体验，因此，她的语言就不是干巴巴的，而是非常感性化的。有时，在一些精短的小说中，如《四季不断的柔风》，王海玲在叙述上还采用"顶针"的修辞手段，让前句的句尾成为后句的句首，造成连续性的叙述态势，因此，读着她的小说，有时我觉得就像在抚摸一面连绵展开的滑润的绸缎，柔顺而舒畅。

日常化的语言和诗意化的语言矛盾地杂糅在一起，描摹着在作家心中也许是

---

① 引自王海玲：《你可以透过这个窗子看到飘扬的风》，《特区文学》1996 年第 5 期。

分裂着的现实空间和心理空间，我想，这种语言叙述应该也是一种有意味的形式吧。

王海玲的小说当然也有缺点。首先是如上面所说的人物和社会的平面化叙述，少有人物见出性格深度。这与生活的平面化有关，也与作家不太重视以分析的态度面对这种平面化生活有关。另外，王海玲这类特区小说的人物、场景和意象也时有重复，我想，这些可能是以后她的创作需要认真考虑的。

（2002 年）

论丘东平的战争小说

如果说丘东平是一个无产阶级革命作家，这恐怕是毫无疑问的，但丘东平所走的文学道路，在众多的无产阶级革命作家中又是特殊的。他不是由文学而革命，而是由革命而文学；不是深入人民大众的生活，理解生活，然后反映生活，而是他原本就是从人民大众生活中来的，从血与火的革命战争中来的：他 16 岁就参加革命，先后经历了海陆丰暴动、淞沪抗战、福建事变，一直到 1941 年在新四军率鲁艺二队的二百余人突围受挫拔枪自杀，他短暂的一生是在一个又一个的革命风暴中度过的。而他的文学，就是他以整个的生命、生活和革命而写就的篇章。从 1932 年在《文学月报》上发表第一篇小说《通讯员》到未完成的长篇《茅山下》，他的创作都是反映战争生活的。对于他所创作的战争小说，有不少论者如严家炎先生在他的《中国现代小说流派史》，杨义先生在他的《中国现代小说史》中都作过精辟的论述和高度的评价。但是，诸多的论者对丘东平的小说创作的研究基本上局限在这两个问题上：一是丘东平的小说创作之于抗战文学的价值和意义。二是丘东平的小说创作如何体现了七月派小说的风格和特点。事实上，丘东平是在 20 世纪 30 年代初就开始创作的，他的作品的内容跨越了土地革命、十年内战以及抗日战争几个历史时期，更重要的是，把丘东平的小说放在肇始于 20 世纪 20 年代末期的整个革命战争文学背景（而不仅仅是抗战文学或七月派文学）去考察，我们会发现他一开始就建构了有别于主流革命战争文学的叙事方式，我认为，丘东平的战争小说的价值和意义更多地体现在这种叙事模式的建构上。

一

1926 年，16 岁的丘东平加入了海丰农民协会和少年先锋队，后来还当上了彭湃同志的秘书，参加了由彭湃领导的海陆丰农民暴动。革命失败后，他流落到香港，当过渔夫、摊贩、水手。20 世纪 30 年代初，丘东平在上海开始文学创作时创作的一批小说如《通讯员》、《沉郁的梅岭城》、《多嘴的赛娥》等就是反映海陆丰农民革命运动的。和 20 世纪 30 年代反映工农革命的左翼革命文学一样，丘东平是以阶级分析的观点、政治的视角去揭露统治者的残暴、农民的受难和反抗。比如《沉郁的梅岭城》，梅岭城夜受农民军袭击，其中理发店门口爆炸的炸弹，疑是潜藏在城里的革命者投掷的，保卫队于是在城里搜捕革命者。最先被传讯的是理发匠马可勃，他传出炸弹来自挑夫契米多里，而从他那里取走炸弹的则是保卫队总队长华特洛夫斯基的弟弟克林堡。总队长当场把马可勃踢翻。次日，保卫队贴出公告，有 172 个叛乱者被处以死刑，并谎称证明者是克林堡。克林堡是叛党主要负责人，但他自首了，免于追究责任。克林堡获知消息后拦住行刑队伍，当众质问他的哥哥为何要谎称是他做证，他要牺牲自己的生命挽回那 172 人的生命。总队长把克林堡捆缚回家，并告诉众人他弟弟疯了。20 分钟后 172 个叛乱者被枪决。和本时期的其他作品一样，丘东平的这类小说具备了当时左翼革命小说的基本元素：统治者的自私和残暴，被压迫者的受难和愤而反抗。但是，仔细地分析他这个时期的小说创作，是能够发觉其和同类题材小说创作的迥异之处的。首先，当时的革命文学正如蒋光慈所说的，"它的主人翁应当是群众，而不是个人"[1]，即使主人公是个人，也往往湮没在所谓"群众"的面影中而显得面目模糊不清。而丘东平的小说却很注意在战争的背景上、在阶级冲突中去凸现个体的悲剧命运：

在《沉郁的梅岭城》中，革命者克林堡在毫不知情的情况下被说成是供出172 个叛乱者的自首者，不明真相的群众愤怒地把克林堡拖到街上暴打，"克林堡在群众的殴打下找不着半点掩护，脸孔变成了青黑，张开着的嘴巴，喊不出声来，只是在肠肚里最深的地方'呃呃'地哼着"[2]。明白真相后克林堡执意当众揭穿谎言挽救那 172 个罪犯的生命，却被当成精神病人捆缚回家。

在《多嘴的赛娥》中，赛娥是一个处处受人歧视的女孩子。刚出生不久就因为是女孩而遭亲生父母遗弃，长大了常被视为多嘴舌惹人讨厌的女人。后来她接受任务，去打探敌军的情报，在途中被敌军发现，本来已瞒过敌人可以成功逃脱，但是一个善良的老太婆无意中暴露了她的身份。她被重新抓起来。但"多

---

① 蒋光慈等：《关于革命文学》，《太阳月刊》1928 年 2 月号。

② 丘东平：《沉郁的梅岭城》，广州：花城出版社 1982 年版。以下所引用的丘东平该小说的原文，均出自该版本。

嘴"的赛娥却自始至终"坚决地闭着嘴",不透露半点秘密,最终被敌人残酷地处决了。

在《通讯员》中,通讯员林吉曾多次成功地传送情报,但是,有一次他奉命把一个做政治工作的少年从江萍带到梅冷。途中突然碰到敌军盘查,那少年惶恐地跌下山涧,被敌军杀害了。独自逃生的林吉此后常常浮现那少年被凌迟的惨象,陷入不能排遣的痛苦之中。他常常向别人描述那天的遭遇,并自我诘问着:"少的死了,大的却逃回来,你说这是对的事吗?"周围的人以各种方式劝慰他,但未能减少他内心的痛苦。后来,人们似乎厌倦了他反反复复的述说和自责,甚至有人觉得他是精神出了毛病。而林吉也终于不能谅解自己而举枪自杀……

在这些小说中,丘东平一方面在酷烈的革命斗争背景下以刚劲雄强的笔触展现了这些革命者对命运的反抗、对革命的执着,另一方面,又以不无压抑、悲凉的笔调描写着这些革命者的悲剧命运。这种描写的背后隐藏着作者对于个体生命的关注——在革命斗争中,国家、集体的利益是高于一切的,尤其是集体的命运受到威胁时,任何个体命运都是微不足道的,但是,对于作为人学的文学来说,又必得去关注个体人的生存命运。我认为,丘东平的这些小说和当时的革命文学比较,一个明显的不同就是丘东平懂得以文学家的眼光去观照、反映生活,这种文学家的眼光,在他后来的抗战文学中可以更为明显地感受到。

1931 年"九·一八"事变后,丘东平经他的二哥介绍,参加了十九路军,并经历了淞沪之战。之后流落东京、香港、上海。1937 年"八·一三"事变后,丘东平离开上海经南京到武汉,参加了新四军,并随新四军转战苏南、苏北,参加过新四军的丹阳之战、延陵之战、珥陵之战等战役。为丘东平在文坛赢来很高声誉的就是这个时期写就的抗战小说,如记录淞沪之战的《给予者》、《第七连》、《一个连长的战斗遭遇》和记录新四军抗战生活的《茅山下》等。中国抗战初期的文学是脱胎于左翼革命文学的,并且由于"救亡"的迫切性,也就更为强调文学的功利性、宣传性。所以,那种满足于"廉价地发泄感情或传达政治立场"的新文学运动中存在的"公式化概念化的倾向"① 就自然地显现出来了,这种公式化概念化的顽症在小说创作中一个具体的体现就是被茅盾所批评的"前线主义",即只"着眼于一个个的壮烈场面的描写",只"注重了'事',而不注

---

① 胡风:《民族革命战争与文艺》,《胡风评论集》,北京:人民文学出版社 1984 年版。

重写'人'的现象"①。其实，即或是写人，正如胡风所说的："写将士的英勇，他的笔下就很难看到过程的曲折和个性的矛盾，写汉奸就大概使他得到差不多的报应，写青年就准会来一套救亡理论……"② 但是，在丘东平的抗战小说中，我们看到的是另一番图景。他的小说不只是着意去描摹壮烈的场面，也不是仅靠战报去铺染故事，他展现的是正如胡风所说的"在这个伟大的时代受难的以及神似地跃进的一群生灵"。比如那一个和蔼且很恪守军纪的中校副官，他对长官尤其是军长，"是当为偶像一样地信奉着"。但当他得知日军大兵压境而军长却命令士兵撤军时，暴怒地责骂军长放弃了国土，结果忠贞而正直的中校副官被军长枪杀了（《中校副官》）。还有连长林青史，他率领的第四连是"一个时运不济、命运多舛的莫名其妙的队伍"，常常接受某个任务然后又在任务尚未完成时将队伍移往别处。在一次战斗中，林青史决意不再执行上级按兵待命的策略而与士兵们冲出战壕，尽管他们击退了敌人的进攻却与营部失去联系。后来他的连队与友军组成一支新队伍，以少胜多，打败了敌军一个加强营，并主动配合被敌军围困的友军，帮助他们取得了战斗的胜利。可是友军却以他们来历不明而缴了他们的械。最后，林青史由于违反军纪死在他的营长的枪下（《一个连长的战斗遭遇》）……在这些小说中，丘东平继续着他前期小说在战火中凸现个体命运的表现路径，小说撼人心弦的是林青史们为抗战而置生死于度外的大无畏英雄气概以及这些英雄令人慨叹不已的悲剧命运。当然，与前期相比，他的小说已发生了一些变化，这变化就是在展现人物的命运时，更注意突出人物的灵魂，挖掘和描写他们在战火中的内在情感和心理活动，从中我们可以感受到这些战斗者人性的光辉和灵魂的颤动。

丘东平抗战小说中心理描写最有力度的首推他的《第七连》。小说的主人公丘俊，原是中央军校广州分校的学生，"八·一三"战事爆发前被派往前线，并临时被委任为第七连连长。小说细致地描写了一个军校的学生成长为一个战地英雄的心理过程。连队出发时，队伍的前头出现了一个年轻貌美的女人，他下令就地休息——"这是我自己的哲学"，"我现在一碰到漂亮的女人都要避开，因为她要引动我想起了许多不必要而且有害的想头……"这种描写让我们看到活生生的感性的人的存在，他承认自己的"情欲"，又压抑着这种会削弱他的斗志的

---

① 茅盾：《八月的感想——抗日文艺一年的回顾》，《文艺阵地》第 1 卷第 9 期。
② 胡风：《民族革命战争与文艺》，《胡风评论集》，北京：人民文学出版社 1984 年版。

"情欲"。当队伍驻扎在火线之时，漫天的炮火使丘俊的内心充满着恐惧、焦虑，"我仿佛记不起它，不认识它，它用那种震天动地的音响开辟了一个世界，一个神秘的、可怕的世界，使我深深地沉入了忧愁"，"密集的炮火使阵地的颤动改变了方式，它再不像弹簧一样地颤动了，它完全变成了溶液，像渊深的海似的泛起了汹涌的波涛"。在日军强大兵力的围攻下，他们已断了粮，只吃炒米野菜，两个班长已战死，刚任命的代理班长也阵亡了。但丘俊和他的士兵们没有被恐惧所吞没，使命感驱除了他们的恐惧心理，当团长下达与阵地共存亡的命令之时，丘俊感到团长是在和自己的"灵魂说话"，他回答："我自从穿起了军服，就决定了一生必走的途径，我是一个军人，我已经以身许给战斗。"最后，他率队出击，负伤离开阵地。应该说，作者对丘俊这个抗日英雄形象的塑造是成功的，他没有局限于描写事件或人物的外部行为，而是深入人物的内心甚至人物的潜意识，把人的心理弱点，情欲的骚动和强韧的意志力、大无畏的英雄气概扭结在一起，产生了原色原味的真实感。小说对于主人公心理弱点的描写并未减弱他的英雄主义的光辉，相反，这种在焦虑、痛苦中成长起来的英雄主义对我们更具冲击力，而作者这种艺术处理方式也使小说获得穿透人性的深度。

另一部心理描写较为出色的小说是丘东平的绝笔之作《茅山下》。这部未竟的长篇小说以抗战时期新四军苏南根据地激烈的民族矛盾、阶级斗争为背景，展现了新四军的政治、军事工作以及革命内部的矛盾斗争。革命内部的矛盾斗争是在工农出身的参谋长郭元龙和知识分子出身的干部周俊之间展开的。郭元龙参加过三年游击战争，身上落下七个伤疤，是一个打仗的能手，他为人豪爽，在群众中有很高威信。但他粗鲁且有不可一世的傲慢，尤其瞧不起学生出身的周俊，也不支持周俊的工作。他把周俊派到九里镇当主持抗敌自卫会改选工作的特派员，自己却收受前任抗敌自卫会主任的手枪、皮鞋，使改选工作陷于混乱。周俊本来对革命怀着满腔的希望，但是他缺乏斗争的经验和能力，工作的受挫和郭元龙对他的轻视越发使他觉得自己"完全失去了作用"、"变成了废料"，更为严重的是，和深受民众拥护的郭元龙的矛盾让他觉得自己是被孤立的，他"被一种灰色的伤感所烦扰"：

有时候他突然地紧张起来，心里想着他的工作将如何因了九里战斗的胜利而顺利地展开，……工作的胜利会鼓勇他的，当他被痛苦围攻下来的时候他特别地需要鼓勇，痛苦会使他像一条小茅草似的嫩弱地垂下头来，——这好像一阵可怕的风暴的来袭，当他被击倒下来的时候，他是这样地庸驽、卑怯，竟至于全身发抖——他会想起郭元龙，想起他工作上生活上所有一切的失败，至于慌乱地无灵魂地举起了抗拒的手，没有一件事不使他伤感，没有一件事不成为他痛苦的根源，并且他是孤立的，他对于所有人都抱有怀疑和敌视，这怀疑和敌视每每叫他陷于惨淡的被围攻的地位，他的勇气像一重纱似的单薄地卷盖着自己的惨败与破灭，而生命力的贫乏使他乞怜于别人辞色之间的善待和尊敬。

周俊希望在战斗中把自己锻炼成一个有用的人，他执着不肯轻易放弃自己。但是，多次的挫折又使他时时陷入卑怯和孤独的伤感之中，甚至想逃避现实。后来碰到同时参加革命的林纪勋，看到他已由一个幼稚的学生官成长为坚强的革命者，周俊深受触动，决意成为陀思妥也夫斯基那样"有骆驼的长途跋涉的精神"的战斗者。这部小说是在战斗的间隙创作的，又是未完成的作品，艺术上的粗糙在所难免。但是小说却显示了作者发掘复杂而又深邃的人物内心世界的才能：作者很善于细腻地刻画人物心理活动的发展变化，主人公如何由一个充满激情而又自卑、脆弱的知识分子逐渐成长为成熟、坚定的革命者，情绪的瞬息变化、心灵的变化轨迹，都得到细致的描摹、深刻的剖析。同时，作者能正视人物的心理缺陷和人性冲突，善于把人物对立两极的思想情绪搅和在一起，写出怯弱中的勇敢，绝望中的希望，伤感中的快乐，所以，展现在我们面前的就不是概念化的人物，而是一个形象饱满，充满情绪波动、人性矛盾的活生生的感性的存在。

对于战争背景下人的生存命运、心灵现实的关注和描写，使丘东平的小说在当时的革命战争文学中别具一格。在左翼革命作家中成长起来的革命战争文学，是非常强调文学的政治功能和教化作用的，"五四"文学中"人"的主题被置换为阶级或民族解放的主题，作家往往局限于政治的视角去反映阶级矛盾或民族冲突。而在丘东平的小说中，"人"的主题是和阶级或民族解放的主题并行不悖的，他往往是以政治和人生、人性的双重视角去观照生活，去反映战争中生与死、个人与集体、善与恶的冲突。由于局限于政治的视角、阶级分析的观点，三四十年代的革命文学常常将复杂的社会生活作简单化处理，人物描写也呈现英雄化—丑化二极对立的形象构成特点：正面人物具有一切善与肯定的价值，而反面人物则聚众恶与诅咒于一身。这自然会产生公式化、概念化的毛病。丘东平取政治和人生、人性的双重视角去审视生活，他的小说也奏响着爱国主义、英雄主义的主旋律，但这爱国主义、英雄主义的精神，是从交织着光明与黑暗、善与恶、美与丑的社会生活中，是从充满了生命欲求、人性冲突的心灵世界中生长起来的。因此，他的文学创作既承接了"五四"文学的现实主义传统和人性、人道观念，又深刻体现了左翼作家功利主义文学观。他是能很好地把"五四"文学与左翼革命文学嫁接在一起的一个作家。

二

接下来还需要探讨的是丘东平战争小说中浓厚的悲剧意识。对于丘东平战争小说的悲剧意识，是许多论者已经提及的。比如有论者指出丘东平的小说"洋溢着抗战之初的时代气息，富有战地实感，具有一种特殊的壮美和悲剧性"①。严家炎先生也指出东平的小说大多"色调悲壮沉郁"②。那么，丘东平的战争小说何以有浓厚的悲剧意识呢？

我想作者所处的时代是一个因素，那是一个充满灾难、痛苦、挫折的悲剧时代；而作者艰难、曲折的人生道路，四处漂泊的生存状态也培养了他顽强的性格以及对生活之中沉郁、悲壮的方面尤为敏感的灵魂。但是，我认为形成丘东平战争小说浓厚的悲剧意识的主要因素是尼采的影响。丘东平在给郭沫若的一封信中就曾提及尼采："我的作品中应包含着尼采的强音，马克思的辩证，托尔斯泰和《圣经》的宗教，高尔基的正确沉着的描写，鲍特莱尔的暧昧，而最重要的是巴比赛的又正确、又英勇的格调。"③

这里"尼采的强音"应该是指尼采哲学的主角——酒神精神。尼采认为，世界的本体是永恒生成变化的，它不断创造又毁灭个体生命，站在这个角度去看，世界对于个人来说是残酷而无意义的。但是，通过个体的毁灭，我们反而感到本体生命意志的丰盈和不可毁灭，甚至，世界不断创造和毁灭个体生命，乃是"意志在其永远洋溢的快乐中借以自娱的一种审美游戏"④，所以，要肯定生命，就必须肯定生命所必然包含的痛苦和毁灭。而所谓的酒神精神，就是教人站在生生不息的生命本体的立场上去肯定生命，连同它必然包含的痛苦和毁灭，正是经由这痛苦和毁灭，有限的个体才能获得与生命本体相融合的快感。当然，一个人能否与宇宙

---

① 钱理群、温儒敏、吴福辉：《中国现代文学三十年》，北京：北京大学出版社 1998 年版，第 494 页。

② 严家炎：《中国现代小说流派史》，北京：人民文学出版社 1989 年版，第 259 页。

③ 转引自郭沫若：《东平的眉目》，丘东平：《沉郁的梅岭城》，广州：花城出版社 1982 年版，第 5 页。

④ ［德］尼采著，周国平译：《悲剧的诞生：尼采美学文选》，北京：生活·读书·新知三联书店 1986 年版，第 105 页。

间生命本体相融合，从而把人生的痛苦当作欢乐来体验，还取决于他是否具有强健的生命力——尼采所谓的强力意志，尼采是很强调强力意志的，只有足够强大的强力意志，才能战胜生命固有的痛苦，在与痛苦的抗争中体验生命的欢乐。所以，在尼采的酒神哲学中，我们至少可以感受到两种东西：对苦难的崇拜和对于生命强力的崇拜。而在丘东平的小说中，我们也可以感受到这两极崇拜的存在。

丘东平的小说很善于表现民众深潜的原始生命强力，映现他们对于悲剧命运和黑暗现实的反抗。这种在压抑下寻求爆发的原始生命力，有时充满着毁灭性。比如丘东平早期的《红花地之守御》，小说的主人公，革命队伍的总指挥杨望就是一个充满雄强而带着野性的生命意志的英雄人物。他率领不及二百人的队伍潜伏在神秘的红花地山林间，在二十分钟内击溃敌人两个团的兵力。在面临敌军的反扑时，他竟下令射杀三百多名俘虏。在丘东平的战争小说中，有不少这一类粗犷的、见血见肉的场面描绘。这种带着野性的原始生命强力的描写，有时会让我们觉得他的小说"力"压倒了"美"。当然，丘东平所表现的原始生命强力，更多的是充满创造性的，反映战争背景下绝地求生、奋起抗争的强悍的灵魂，反映这些强悍的灵魂如何无畏地走向毁灭：比如《多嘴的赛娥》中宁死不屈的乡间卑贱女子赛娥；《中校副官》中以死谏战的中校副官；《给予者》中下令炮手向自家杂货店开炮，让父母妻儿和日军同归于尽的黄伯祥；《一个连长的战斗遭遇》中违抗军令主动迎击日军，明知会遭枪决却绝不逃遁的林青史……作者以粗犷的笔触勾勒着在战争苦难中愤然崛起的刚强执拗的灵魂，这些刚强的灵魂已超越那种带着野性的原始生命强力而升华为英雄主义，而这种从原始生命强力中升华的英雄主义对我们无疑更具有震撼力。同时，当许许多多的刚强执拗的灵魂无畏地奔赴牺牲时，我们能见出作者对于受难、毁灭的几近于崇拜、几近于热切的渲染和描写，这给他的小说涂抹上了激越、悲壮的色调。七月派的作家都非常强调以主观战斗精神去搏击现实，而丘东平的主观战斗精神，我以为是带着尼采酒神式的战斗精神的。

由于坚信革命终将取得胜利，由于强调文学的政治功用及教化作用，不论是二三十年代的左翼革命战争文学还是三四十年代的抗战文学，都带着昂扬的乐观主义的色调。这样，丘东平的带着浓厚悲剧色彩的战争文学在当时的文坛上也就显出了他的特别之处。

三

最后，我想简单谈谈丘东平战争小说的文体特征。

　　我认为丘东平的小说开创了现代小说一个新的创作路径——纪实小说。这当然不是说在丘东平之前没有人尝试过这种写法，但在他之前尚未有一个作家如此多地尝试这种文体，尚未有一个作家能应用这种文体写出像《第七连》、《一个连长的战斗遭遇》这样成功而又有影响的作品。也就是说，纪实小说这种文体对于别的作家而言也许只是偶尔尝试，只有丘东平专注于这种文体，而这种文体也只有到了丘东平手中才可以算是成型了。

　　丘东平之所以选择这种文体，和他的写作状况有关。他的许多小说都是在战争间隙写就的，他不可能有充裕的时间去想象和构思，他需要急切地运用纪实的手法表达他的所看、所闻、所感。他的纪实小说大致有两类，一类是以某一事件或某次战争为中心而营造的事件型纪实小说。如《沉郁的梅岭城》、《红花地之守御》、《我们在那里打了败仗》、《友军的营长》等。这类小说有情节，但情节往往立足于事件过程的原生状态，不使用诸如悬念、冲突、巧合等故事性较强的结构方式。另一类是人物型纪实小说，如上面提到的《通讯员》、《第七连》、《一个连长的战斗遭遇》、《给予者》等，这是丘东平最为成功的一类小说，它一般是展示人物的某一段特定的生活经历，并从中刻画人物性格或挖掘人物心理。这类小说和性格小说或心理小说相接近，只不过在丘东平的这类小说中，性格或心理并非小说叙事结构的基础，构成小说叙事结构基础的仍是事件性的生活内容。

　　无论是事件型或人物型的纪实小说，丘东平的这些作品以尽量接近生活原生态的叙事内容及对生活实录式的叙述方式给我们以强烈的真实感。当然，他的作品并不是满足于对生活记录式的描写，否则也就和"前线主义"差不多了。这些纪实作品有较强的小说性，主要体现在以下两个方面：其一，透过现实的表面，深入生活的潜流，发掘和描写人物的内心和灵魂。人物型的纪实小说、事件型的纪实小说也有此特点。这一点在上文已谈到，这里不再赘述。其二，作者将强烈的主观战斗精神融入叙事和描写之中，他的小说字里行间充溢着内在的不可抑止的激情。而以渗透着感情和体验的感觉型的句子去描绘生活，使他的小说类似于强调主观表现的现代派。比如在《茅山下》，作者是这样展现心态失落的周俊在田间行走的情景的："……漆黑的夜空给予人们一种空洞的、无所凭藉的战栗的预感，湿漉漉的泥泞的田径像蛇的背脊似的捉弄着脚底，叫人疴痒的四肢疼挛，浑身瘫软。"这种描写方式，已经是"新感觉派"的将人的主观感觉、体验渗透到客体的描写中去的方式，无怪乎郭沫若曾认为丘东平的小说有日本新感觉派的味道。我们说丘东平的纪实作品具有小说性，一个重要因素就是他主观心理活动的表现，不是一味地宣泄思想情感，而是能够将叙述者的体验和感觉外化，创造和表现那种有强烈主观色彩的"变形"了的现实。

以政治的和人生、人性的双重视角去审视战争，去弘扬英雄主义、爱国主义，去关注战争中人的悲剧命运及隐秘的深层心理；带着尼采酒神式的强烈主观战斗精神去深入战争，去发掘战争中民族原始生命强力的勃发和升华，在战争的焦土上涂抹激越、悲壮的文字。这一切构建了丘东平有别于当时主流革命文学的崭新叙事方式和审美形态。在现代文学史上，路翎的小说创作成就无疑在丘东平之上，但路翎正是沿着丘东平所开创的表现路径走下去的。

（2004 年）

论黄咏梅的岭南都市小说创作

黄咏梅是一个有才情而又幸运的作家，自 2002 年发表第一篇小说《路过春天》起，她的创作就吸引了评论界的关注，而且这关注是持续的、一直保持着一定的热度。黄咏梅的创作，走的是张爱玲"从普通人里寻找传奇"的路数，这是评论界的共识。洪治纲先生对此有中肯的分析："她的所有小说，都是将叙事空间不断地推向都市生活的底层，推向日常生活的各种缝隙之中，并从中打开种种微妙而又丰富的人性世界，建立起自己特殊的精神想象和审美趣味。"[①] 从柴米油盐中去寻求文学表达是需要高超的表现力的，我想这也是黄咏梅的小说能够持续吸引评论界关注的缘故吧。但是我认为这不是黄咏梅的小说最有价值的地方，她的小说的独特价值在于写活了广州这一座南方活色生香的城市。一座有文化特色的都市总是需要一个具有代表性的叙述者的，就如王安忆之于上海，池莉之于武汉，而黄咏梅，应该是广州这座南方都市具有代表性的叙述者。

一

黄咏梅在 14 岁时便出版了第一部诗集《少女的憧憬》，17 岁又出版诗集《寻找青鸟》，是一个具有浪漫的诗性气质的校园诗人。使这个浪漫的诗人蜕变成为小说家的是广州这一座城市。黄咏梅到广州工作之后，便对这座城市有深切的体会："广州是一个消费的城市，一个物质化、欲望化的城市，她很平和、理性、务实，同时扫荡人的梦想和内心的诗意，让人安居乐业，变得实在。这样诗歌就没有太多的生存空间，但这个城市滋生了很多故事，并且也让我们这些外来人滋生了那种对家园（不仅仅是生长的故乡，更是精神的归宿）的缱绻和失却

---

① 洪治纲：《卑微而丰实的心灵镜像》，《文学界》2005 年第 10 期。

的疼痛。这些更能让人真实地感到存在，这对小说来说可能是一个好的摇篮。"①
广州的兴奋点不在政治，广州也没有厚重的历史，广州就是一座充满世俗气息的
城市。所以，在黄咏梅的笔下，我们看到的是骑楼、酒肆、大排档等带着鲜明的
岭南地域色彩的空间场景，是"煲汤"、"饮茶"、"倾偈"（聊天）等充满市井
气息的生活细节。生活在其中的人们，不幻想、不愤懑、不颓唐，实实在在地在
现实的框架内寻获欲望的满足。比如《草暖》中的主人公陈草暖。草暖是一个
对生活没有太多想法的人，她有一句口头禅——"是但啦"（粤语"随便"的意
思）。只要有人征求她意见，听到的永远都是这句口头禅。甚至你会觉得她和王
明白谈恋爱和结婚都有那么一点"是但"的意思。偶然结识，有秩序地谈恋爱，
然后水到渠成地结婚。婚后草暖满足地服侍着老公，幸福地怀上孩子。生活当然
也有波澜，比如王明白因为自己的女秘书和公司的董事长有一腿而耿耿于怀，换
成别的女人可能会乘着醋意和老公大闹一番。但草暖没有这么做，她私下里劝说
女秘书辞职，不动声色地解决了丈夫的也许还是她家庭的一场危机。这个时候你
会觉得草暖不总是"是但"的，她其实很理性，知道自己需要什么。所以我觉
得草暖的生活态度和生存方式是很广州的：随缘、世俗、务实。黄咏梅另一部散
发着浓烈的岭南都市气息的小说《多宝路的风》，其中的女主人公乐宜也很有意
思。乐宜是一位西关小姐，自小生活在由香云纱、青石板、小摊档、小杂货店所
构成的古朴而又潮湿、逼仄的多宝路中，大概有点厌烦那种充斥着油盐酱醋、闲
言碎语的生活，她趁着参加工作的机会搬出了多宝路去寻找新的人生。乐宜新的
人生是当上了上司耿铿的情妇，但是，她是没有任何野心的，她既不想借耿铿的
关系升官发财，更无意把耿铿占为己有。她其实没有什么长远的打算，也没有很
强的欲望，是一个"浅淡"的女人，有着"一副浅淡的眉目，浅淡的表
情"——事实上，浅淡也是愿意把大把的时光花在饮茶上的广州人的特有"表
情"。乐宜选择耿铿只是因为她喜欢这个男人，愿意服侍他，为他煲汤。但是很
快她就意识到这种爱情其实很脆弱，她所爱的男人不可能给她那种稳固的生活。
所以她冷静地和耿铿分手，并很快通过相亲和一个海员结婚。有一天海员中风
了，乐宜和他搬回多宝路去住。应该说，乐宜和海员的婚姻不是建立在爱情基础
上的，她搬回多宝路意味着要过以前自己所要逃离的琐碎的生活。但是她知道当
她回家的时候有一个人在等着她，她可以体会到一个世俗人的生活的乐趣。用她

---

① 黄咏梅：《广州不是一个适合诗意生长的地方》，《南方都市报》，2002 年 11 月 8 日。

的话来说，她要过的是"人有我有"的生活。

黄咏梅的都市小说，描摹的多是乐宜这样把生存放在第一位的世俗人生。她把自己的第一部小说集命名为"把梦想喂肥"，有一些论者也认为作者善于赋予她笔下人物"以理想色彩和诗性特质"，"使得人物的精神向度得以照亮"。① 但是，我的看法恰恰相反。黄咏梅笔下的人物固然有梦想，甚至也有执拗地坚持追求自己梦想以至于粉身碎骨的，像《把梦想喂肥》中执意要在广州闯出一片天地的"我"的妈妈，《骑楼》中沉溺在自己的幻想世界中不能自拔的小军等，但更多的，是为了生存割舍梦想的世俗人生。支撑黄咏梅的小说世界的，是生活在城市底层的凡夫俗子，对于这些人来说，在这个忙乱的时代，牢牢地抓住生存是第一位的，为了生存，理想、梦想不得不屈从、妥协于社会秩序和伦理法则。黄咏梅的第一部长篇小说《一本正经》中的主人公陈夕，当她刚到广州工作的时候还是一个身上散发着校园青草味道的女孩子，为了在这座城市立足，她先是不得不割舍爱情，而后又蜕变成一个纯粹赚取稿费的职业写手，一个企图通过包装和炒作获取名利的美女作家。《白月光》中的白惠玲，尽管家道中落，依然拒绝接受昔日男朋友的接济以保持人格的尊严。可是，当女儿自作主张把钱拿回家时，她已然失却拒绝的勇气，"她觉得自己被绑架了，嘴巴被胶纸粘了起来，手脚被绳索捆牢了"。所以，读黄咏梅的小说，常常会体味到现实不动声息的残酷，会感受到人生无力超越现实的浮世的悲哀。

当然，我们不能说黄咏梅已成为一个完全的现实主义者，不能说黄咏梅的诗性情怀已然消失。她的小说，现实意识和诗性情怀这两股力量是矛盾地交织着的，她写得越精彩的小说，我们越能感受到这两股力量所形成的张力。这两股力量在黄咏梅作品中的具体体现，就是她努力地在凡俗人生的卑微、琐碎的日常事务中，在城市的草根阶层为着生存而劳碌、奔波的过程中，捕捉他们人性的闪光点，挖掘他们内心依然保有的诗性的成分。《文艺女青年杨念真》中的杨念真和小门这对好朋友都是年过三十的剩女，后来小门实在害怕孤独，降低门槛和张森林结婚了。但是杨念真并不看好好朋友的婚姻。在杨念真的眼里，小门是情场失意，张森林是商场失意，两人显见是没有力气再挑三拣四而凑合在一起的。但是，有一天，无意间杨念真在街道上看到让她感动的一幕：腆着大肚子的小门，依偎着老公张森林，张森林一面搀扶着小门，一面紧张地注视着马路上的车辆。

① 曹霞：《俗世的温暖》，《南方日报》，2002 年 6 月 24 日。

这是让人感触的场景，他们虽没有刻骨铭心的爱情，却能相濡以沫，相互呵护和善待。《多宝路的风》中乐宜和海员的婚姻也是如此。海员中风瘫痪，乐宜不离不弃。有一天，乐宜下班回家，看到远处一个人影，缓缓地向她蠕动过来，乐宜定睛一看是海员。当海员告诉乐宜他已学会走路时，"乐宜走上去扶他，咧开嘴笑了笑，没说话"。这两个人结婚时的目的都很明确，他们的生活甚至看不到爱的激情，却有一种相扶相持的淡淡的爱的温馨。黄咏梅还有一篇很精致的短篇《鲍鱼师傅》，里面的主人公鲍师傅是一位走街串巷的清洁工。这是一份很卑微的工作，但鲍师傅不嫌弃，很敬业，很快地在保洁界就有了名气。但是这个人物吸引我们的不是他的工作，而是他对音乐，而且是高雅的乐曲的痴迷，"鲍鱼师傅喜欢的那些音乐，没有歌词，听进去之后，就好像他走进一座大城市里，一个人也没有，让他舒舒服服，自由自在地待着。又仿佛那音乐里有山野小道，到处长满了枝枝蔓蔓，对鲍鱼师傅牵来扯去"。卑微的生存状态，辛劳的工作，这一切并没有遮蔽鲍师傅对音乐的热爱，他的灰色的人生因为音乐的存在而自在自足，而明亮起来。在这里，我们看到作家在凡俗人生中挖掘诗意的努力。

这就是作为作家的黄咏梅的诗性情怀在小说中的表现了，不是乌托邦的冲动，不是超越现实的激情，甚至没有那种率真的、酣畅淋漓的爱，而是以生存为首要目标的琐碎、庸常的生命依然保有的诗性，是凡俗人生相扶相持的爱，是生命之间的善待。这是属于平民阶层的诗性，是真实的、质朴的，是一种俗世的温暖。

这也是我之所以认为黄咏梅是广州这座城市最有代表性的叙述人的原因所在了。她不仅在小说中呈现了这座城市最具地域特色的空间场景、习俗和语言，更重要的是写出这座城市的精神。广州不像北京，总是勃发着政治的激情；不像上海，永远萦绕着怀旧的情调；广州散发着浓烈的市井的世俗气息。在这座城市，每天上演的正是黄咏梅笔下展现的，拒绝乌托邦冲动和超越现实价值取向的，没有大爱，也没有大恨的理性、务实，然而又散发着俗世的温暖的凡俗人生。

二

接下来我们所要探讨的是黄咏梅是以什么姿态和方式去描摹凡俗人生的。对于这一点，评论界已有不少有见地的观点。比如有论者以"客观化的写作"去概括黄咏梅的写作姿态。所谓客观化的写作，就是作家有意不在作品"植入各种

'意识'"，以呈现"生存本身的硬度、质感和质量"。① 而更多的论者以"平等视角"或"低视角"定位作家的创作姿态。这两种观点有共同的指向，即都中肯地指出黄咏梅的写作尊重笔下人物的生活选择和生存态度，但是这些概括又显然忽略了作家的声音和立场在作品中如何显现的问题。

在黄咏梅的小说中，作者和人物究竟是何种关系，他们以何种方式相处？我想可以用巴赫金的对话理论来说明。巴赫金认为，小说不应该是作家思想的传声筒，小说必须有两种以上的不同话语或意识相互作用："审美事件只能在有两个参与者的情况下才能实现，它要求有两个各自不同的意识。一旦主人公和作者互相重合，或者一起坚持一个共同的价值，或者相互敌对，审美事件便要动摇……"② 也就是说，作家不能把自己的意识、立场强加给主人公，作家应该与主人公拉开距离，以形成对话的关系。我想在黄咏梅的小说中，作家与人物的关系正是这种对话的关系。这种对话的关系在作品中如何体现呢？黄咏梅经常运用的是视点转移的方法。

我们试以《暖死亡》作为例子分析。小说描写了患有抑郁肥胖症的病人林求安。林求安原是一家公司的业务员，失去职位后意志消沉，人生唯一让他觉得有吸引力、有意义的就是吃。发展到后来，吃完全占据了他的生命：

> 不知道为什么，每当坐在写字楼的凳子上，林求安就会被那些越来越多的小精灵所围攻，在林求安打开电脑的时候，那些小精灵就附在屏幕上，阻挡了所有信息的传递；在林求安敲打键盘的时候，那些小精灵又神不知鬼不觉地霸着回车键，留下一行行空白；好不容易林求安站起来发传真了，那些小精灵要么在他必经的道路上，蒙上了他的眼睛让他不是掉文件就是摔跟头，要么就在传真机的色带上涂满了巧克力浆，将文件段落糊成一方方甜美的巧克力。甚至，在林求安走进写字楼大门口的那一瞬间，这些小精灵会变成一群数不清的蝗虫，围着林求安的肉身，咬着扯着，试着将他吞噬。

虽然是第三人称叙述，但小说这一部分的视点是林求安，作家是透过林求安这个嗜食者的眼睛、意识、感觉去描述这个世界的。你可以不认同这个世界，但

---

① 梁慧艳：《黄咏梅小说的叙事方式》，《时代文学》2010 年第 8 期。

② 钱中文主编：《巴赫金全集》（第一卷），石家庄：河北教育出版社 1998 年版，第 119 页。

是它有自己的规则、逻辑。而这也正是黄咏梅所要达到的效果，她经常把小说视点从叙述者转移到主人公身上，让主人公成为聚焦的主体，构建属于主人公的世界。比如在《鲍鱼师傅》中，我们就经常可以走进鲍师傅建构的充满音乐的自足的世界；在《负一层》中，小说的大部分篇幅甚至是通过一个弱智者阿甘的视野去观察、描述这个世界的。这种叙述方式要求作者必须具有丰富的想象力——在这里你不得不叹服黄咏梅，那些卑微、庸常的人生，或者像林求安、阿甘那样的病态人生，毕竟和她的生活是有距离的，但她可以凭丰沛的艺术想象力去生动、逼真地虚构远离自己经验的生活。当然，有时候，比如在《单双》中，她对于李小多近乎偏执的人生的虚构就有点刻意、牵强，《隐身登录》似乎也有这种痕迹。但是，总的来说，她的这种叙述方式的修辞效果是明显的，那就是使小说更客观、更丰富、更生动。而且更为重要的，它不仅是一种修辞方式，她让人物营造属于自己的自足的世界，发出自己的声音，这体现了作家对她笔下的凡俗人生的充分理解和尊重。而作家，当然也会表达自己的立场，发出自己的声音。仍然以《暖死亡》为例，林求安后来听从妻子的劝说，到医院做胃切小的手术。手术后他的食欲消失了。可是一旦对吃这一唯一让林求安觉得人生还有意义的行为丧失兴趣，他的人生也就走到尽头了：

　　丧失了食欲的林求安，整天窝在沙发里，发呆。从腮帮里发出一种单调的出气的声音，像搁浅在荒滩上的一条大鲸鱼，等待某个时刻的到来。

　　显见，小说的视点已从主人公那里回到叙述者上了。我们可以从作者的比拟和叙述的语调中感受到她的立场和态度。作者当然不是和人物站在同一地平线上，当然并不完全赞同人物的生存态度，但是，这里没有理想主义者的睥睨，没有居高临下的道德感叹，有的是一种不动声色的揶揄，一种悲悯之心。在黄咏梅的小说中，作者经常通过对某个意象、某个场景、某种氛围的描写表达她对凡俗人生或调侃或揶揄然又悲悯的情感。《多宝路的风》的结尾，有一段意味深长的描写，乐宜站在街口：

　　她听到一阵阵窸窸窣窣的声音，好像是风吹动些什么发出的声音。听了一会儿，她将信将疑地断定，那是风吹响的香云纱的声音，是多宝路的穿堂风弄响的。

青石板、香云纱、穿堂风，这些都是乐宜过去所要逃避的生活场景。她曾经追求过、叛逆过，现在，生活又回到原点，她选择回到多宝路。当然，某种意义上这也是无奈的选择，对于庸常的人生来说，只能按世俗的法则生存，只配领略平淡无奇的生活。多宝路的穿堂风这一意象，其实蕴含着作家的一份理解、宽容以及随风吹动的悲悯情怀。

黄咏梅在一次采访中曾经说过她的创作受到张爱玲的影响。① 这影响是多方面的，但最主要的，我认为就是这种对庸常人生所持守的理解、尊重、宽容的态度和悲悯的情怀。

三

我还想再谈谈黄咏梅的语言。似乎还没有评论者关注过黄咏梅的小说语言，但我认为她的语言已经形成特色，并且生成了一种诗性气质和市井色彩参差相映的、雅俗交织的独特的文体风格。

先谈谈黄咏梅语言的诗性气质。在表现人的命运、心绪、情感的时候，黄咏梅的叙述语言充溢着诗性气质。她有着丰富的想象力和敏锐、细腻的感觉力，她善于运用通感的方式，调动幻觉、视觉、味觉、嗅觉，将人物微妙的心绪或者潜意识的欲念幻化为感性的意象；或者通过感觉方式的变幻，让具象显现象征意味或抽象感情。《路过春天》中刚闯入广州的每每，碰上有魅力的有妇之夫柳其，两人约会的时候每每已经意识到他们之间可能会发生什么：

我握着透明的水杯，矿泉水里忽然游动了一条鱼，袅娜地依依地摆着它的尾巴，我知道稍微一动它就会滑过人的手心，没有什么是我们可以把握得了的。可是又怎么才能够忍受它游泳的姿态呢？

在作家的笔下，每每骚动的心绪幻化为游动的鱼，这种意象化的表述使语言变得有弹性，变得更有诗的含蕴性了。再比如《多宝路的风》中乐宜和耿铿同居，有一天她无意中发现耿铿的鞋装着他的妻子精心制作的鞋垫：

第一次发现，耿铿的鞋里装着鞋垫，手工纳好的，上面还绣着鸳鸯，丽影双

---

① 任远：《黄咏梅：文学沦为边缘不着急》，《新快报》，2011 年 4 月 17 日。

双，泛游在鞋肚里。……乐宜心里一阵酸涩，少见的眼泪就溢了出来。里边睡着的男人，原来是从鞋肚里游出来，偶尔在这里停泊而已。

"鞋"的意象在小说中多次出现，且有不同的象征意味。在这里"鞋"暗喻过客，乐宜已意识到耿铿不是她的归宿了。我说黄咏梅的语言富于诗性气质，不仅是说她的语言优美、感性，更主要的是指她的叙述常常具有这种诗的含蕴性。

而在描写人物对话、勾勒市井风情的时候，黄咏梅的叙述语言往往就很口语化、很有市井趣味了。同样是在《多宝路的风》中，写到了豆子买豆奶中奖，兑奖时被拒，豆子无奈找消协投诉，其中有一段由叙述人转述的对话：

豆子说，翻遍了整个豆奶瓶都没有看到注明有领奖期限啊，再说了，豆奶还可以喝，为什么奖品就过期了呢？那人说，人家是公司内部制定的日期，你知道吗？丢那妈！豆奶又不是让公司内部人买来喝的，为什么是公司说了算？豆子终于熬不过说了句脏话。那人好像好不容易抓住了把柄似的来劲了，你再丢，你再丢，我叫差佬来捉你。

口语化的叙述中夹杂着方言和广州人特有的"省骂"，这是原汤原汁的市井语言了。应该说，黄咏梅在本质上是一个诗人，她自觉地追求语言的诗性效果，尽管在个别小说中她的诗性叙述有点泛滥，遮蔽了巴赫金所提出的小说的杂语性和对话性，但是，大多时候，尤其是她在写得好的小说中，诗性语言和市井语言的切换是自如的，这两种语言的交织构建了黄咏梅小说雅俗参差相映的独特的文体。

（2012 年）

评陈跃子的长篇小说《针路图》

　　家族化叙事是 20 世纪 90 年代以后历史小说创作的一种常见的叙述模式，以家族的兴衰去浓缩历史的嬗变，不仅可以让历史得到更为具象化、生活化的表现，更为重要的，是能够捕捉到隐藏在历史深层的宗法文化的脉络。作为一位潮籍作家，陈跃子当然深知宗族在潮汕社会所具有的强大的传统和深广的影响力，所以当他企图书写潮汕近现代历史以及潮人的命运变迁时，家族叙事便是一种颇有深意的选择。

一

　　《针路图》反映的是自清末至抗战结束期间潮汕社会的历史变迁，作者把反映这段历史变迁的众多的人物和矛盾冲突，浓缩在潮汕平原一个小镇中的陈、林、蔡三个家族之间，通过几大家族三代人之间的恩怨情仇和众多家族成员的命运沉浮，表现这个被称为"中国的犹太人"的潮汕族群在近百年间历尽磨难的奋斗史以及他们的灵魂所经历的艰难的洗礼。而我以为，这部小说最为可贵的地方在于，作者对这段历史的书写是立体式的，至少，我们可以从三个层面去解读作者所构筑的艺术世界。

　　第一是社会政治层面的描写。从太平天国起义到中日甲午战争、辛亥革命、北伐战争、国共分裂、抗日战争，小说几乎囊括了中国近现代史上重大的政治事件。而且，作家是把政治事件与陈、林、蔡三个家族几代人的奋斗史结合起来描写的。在风云变幻的时代洪流中，经历了挣扎和苦斗，小说的主人公陈仰穆和他的大儿子陈海国，终于成长为一代商贾，二儿子陈海安和侄儿陈舍南、陈舍北终于成长为成熟的革命者。所以，尽管政治事件的描写并不是小说的叙述焦点，却是支撑小说的基本骨架，是推动主体情节发展和人物成长的主要环境因素。值得注意的是，作者显见是阅读和研究了潮汕近现代大量史料的，而出现在小说中的许多政治事件也是这片土地上真实发生过的，如陈海安参与组织的丁未年间的黄冈起义、国民革命军东征潮汕等。这些政治事件的描写使小说具有气势恢宏的历史感。

第二是社会生活层面的描写。这个层面的描写是广阔复杂、包罗万象的，有三大家族错综复杂的家庭、亲戚关系与日常生活面，朋友及婚姻爱情关系与感情生活面，生意伙伴关系与经济生活面等等，错综复杂的关系与丰富多彩的生活画面共同编织了一张生活之网。而我以为，作者的焦点在于日常生活面和感情生活面的描写上。先看日常生活面的描写，日常生活面展现的是人物的行为方式和生存状态。小说开头有一片段，陈仰穆被诬陷勾结长毛余党，被迫远走南洋，清兵到陈仰穆的家乡饶村追捕逃犯，时值年三十陈氏家族祭祖，小说有一段祭祖画面的描写：

饶村这些年在奉政第祭祖，都由宣爷主祭。各家各户皆依着辈分高低，房头长幼，自觉地将各自的香案、方桌一一在祠堂内外铺排。启首当然是龛前那一方檀木大香案，案上的牺牲、果品、纸钱、香烛堆成小山，这些是宣爷代表全族老小献上的，每年都一样的雾霈和隆重。饶村人丁兴旺，每年都有分出的儿孙自立门户，这案桌也就有所增加，祠堂摆满了，就延伸到外埕去，煌煌一片，色彩缤纷。这时，各家各户的主妇，挑春榭的、拎花篮的，都虔诚地将敬奉祖先的礼品呈上来，那五颜六色的祭品，……还有那偶尔炸响的爆竹，……将过年的氛围渲染得浓浓烈烈。

潮汕人是一个移民族群，祖宗崇拜可以让他们抱团，以群体的力量战胜困难和灾难，获得生存和发展，所以祭祖是隆重、庄严的典礼，即使清兵搜捕要犯，也要恭敬地在门口候到祭礼完毕之后。这是充满潮味的生活描写，而这类生活细节和生活画面，在小说中随处可见。比如陈仰穆终其一生"起大厝"，陈海国当批脚送番批，陈家的孙女陈卓雅出花园（潮汕的成人礼）仪式的描写等等，这些在小说中都是浓墨重彩之处，从中你可以窥视到这个族群独特的人生信念、行为方式和心理特点。

再说感情生活面的描写。这显然是作家的另一个叙述焦点。作者着墨最多的是陈家三代人夫妻的感情生活，有陈仰穆和蔡雁秋自由恋爱私奔而后又经历种种劫难的爱情；有陈海国与温雪菲之间充满别离和重逢的缠绵恩爱之情；有陈舍南、陈舍北两兄弟对于林绿衣的暧昧、纠结的爱情；也有陈卓雅与苏邦之间惊天地泣鬼神的爱情。陈卓雅在学校读书时爱上富于才情的老师苏邦，日军侵占潮汕时两人一同参加抗战，在一次战斗中苏邦被俘，其时两人已是夫妻，日军为了让陈家开口，故意将苏邦绑在陈家门口一棵大树上。于是，我们在小说中看到震撼人心的一幕，陈卓雅在日军的枪口下喂丈夫吃饭：

陈卓雅慢慢地走到苏邦跟前，……此时此刻，所有的语言都是苍白无力的，唯有动作才是最深情最有效的表达！陈卓雅一勺又一勺地给苏邦喂着稀饭，提勺的手慢慢地就不颤不抖了；陈卓雅又打开一个盒子，拿出了药品，一手托着药品，一手握着棉签，一遍又一遍地为苏邦清洗着伤口。那白色的药水，融化着血痂，涤净着尘污，瞬间变成黑色黏液，腥腥地滴落在黑土地上。随着苏邦脸上表情的变化，陈卓雅涨红的面颊也渐渐地被神圣的光泽取代而恢复了平静和坦然，一双泪眼透射着闪烁着深情和挚爱的光芒，……世界静止了，时间凝固了，连端着大枪的日本兵也忘记了任务，被眼前这一幕深深地惊到了。

这应该是超越了世俗甚至超越了生死的爱情了。陈家的男子多是热血男儿，或下南洋谋生存，或参加革命，这就注定了他们的婚姻爱情生活不可能是平淡的，而是充满磨难和考验的。除了陈家婚姻爱情生活的描写，小说还用了许多篇幅描写了陈、林、蔡三家人错综复杂的感情关系，比如陈仰穆、林云翥、蔡湛秋之间同生死共患难的友情，蔡家孙辈蔡秉昌因为陈家购买了他家的荔园而产生的怨恨情结，林家大公子林荫墨对陈家媳妇温雪菲的暧昧恋情等。正是这些非常人性化的感情生活的描写，使小说充满了艺术魅力。

假如说，陈、林、蔡三家几代人在近百年政治变幻中的奋斗史是小说的"经"的话，那么，几个家族家庭成员之间错综复杂的社会关系、感情关系就是小说的"纬"，经纬编织，形成一幅色彩斑斓的历史画卷；假如说政治事件的描写是支撑小说的骨骼，那么日常生活面和感情生活面的描写则是小说的血肉，它们共同建构一个庞大而又血肉丰满的艺术世界。

第三是文化精神层面的描写。小说有一个重要的物象——《针路图》，这原是陈家先辈承传下来的一部标明海上路径的书，几乎每一艘闯荡南洋的红头船都会有这样一部"指向行舟"的《针路图》。但是陈家的《针路图》除了标明针路，还记录了丰富的人生经验，因此，作家赋予了《针路图》形而上的意义，这是一部凝结了潮汕人这一族群的人生智慧及为人之道的指引人生航向的大书，是一部蕴含着潮汕人以情义为核心人文精神的大书。

小说中众多人物的描写，是流贯着这种人文精神的。比如陈仰穆，作者是把他作为能够集中体现潮汕优秀人文精神的一个代表人物来塑造的。陈仰穆的人生道路其实是当年许多坐着红头船"过番"谋生的华侨走过的道路。他闯荡南洋，经历多次劫难，但每一次都能置之死地而后生。他具有强烈的进取精神和顽强的适应能力，正是这种性格特质成就了他的商业王国。但是这个人物最打动人的是他的讲情义。他起初到泰国，身无分文，在泰国的同乡借给他六个大洋，他才得以做成头宗生意。生意做大了之后，他没有忘记乡里叔伯兄弟的恩泽，回到家乡后挑了满满18担大洋接济乡亲。他爱妻子蔡雁秋，下南洋时在海上遇到风暴，漂流到日本国被刚刚丧夫的佐藤纪香救起，佐藤纪香自从失去丈夫后就精神失常，错把陈仰穆当成自己的丈夫。但是陈仰穆宁死不和纪香一起生活，后来是为了救林云耄，才不得不屈就。他和蔡雁秋聚少离多，尤其是妻子离世，他尚不能见上最后一面，非常伤心和内疚。他把荔园的豪宅拆了又建，建了又拆，旁人百思不得其解，只有女儿才了解其实是苍老的父亲借"起大厝、砌玻璃"来寄托对妻子的哀思。在陈仰穆的身上，我们可以深刻地体会到潮汕所强调的"义"的内涵，不是公理、正义，而是恩义、情义；不是强调为社会公义而献身，而是强调为家族、为家庭、为朋友而担当、而守信、而感恩。小说中陈家的佣人陈得清的女儿满莲，因为自己不小心引狼入室，致使陈家被谋财害命，为了报陈家的恩情和赎罪，她扮成乞丐到处寻找仇敌，在外漂流了五年，九死一生，甚至为了保护陈家的亲骨肉委身于一个丧失性能力的男人。这也是一个让人唏嘘不已的人物，她对报恩守义的执着令人动容。

小说还写了一群潮汕媳妇，她们的讲情义体现在另一个方面，即对于家庭和丈夫的专一和信守，为了家庭，她们可以牺牲自我。蔡雁秋就是这样一个人物。她原是蔡家的掌上明珠，美丽、任性、对人生充满梦想。她原已被父母许配给郑家，但就在要结婚的时候，他碰到陈仰穆并一见钟情。她不顾父母的反对与陈仰穆私奔。但是嫁到陈家之后，她改掉了少女时的任性，相夫教子，在丈夫逃难时一个人支撑了整个家庭。陈仰穆长年在外，她寂寞地独守空房。在夜晚，她的习惯姿势是"……一个人坐着，身上披着一件紫色的外衣，肩上搭着一条毛巾，正双手合十，对着油灯投下的光晕发呆"。她喜欢放风筝，自嫁到陈家之后一直有一个愿望，让丈夫陪自己放一次风筝，这是多么卑微的愿望，但一直到死，她都觉得不好意思开口。这是潮汕媳妇的典型代表，为了家庭，为了恪守妇道，一点一点地泯灭生命的激情和活力，这样的人生似乎是保守的、刻板的，然而那种对于家庭的专一和信守却令人感动。蔡雁秋的儿媳妇温雪菲和孙媳妇林绿衣，也走着和她一样的人生道路，由任性的公主变成贤妻良母。至于孙女陈卓雅，敢于在日军的枪口下照顾自己的夫君，对丈夫的情义可以用义薄云天来形容了。

在这部小说中，我们看到，近百年的历史，潮汕人和中华民族的千千万万人一样，经历了诸多劫难，除了政治斗争、民族矛盾，还有台风、洪水、旱灾等自然灾害，但是，他们靠顽强的适应能力、坚韧的生命力，靠互相救助、接济的仁义精神，生存着、发展着。陈跃子的文学创作一向有文化的自觉意识，通过描摹近百年潮汕人这一族群的奋斗史，揭示流贯于其中的独特的文化精神，我以为是这部小说的主旨。概括而言，政治事件的描写是支撑小说的骨骼，日常生活面和感情生活面的描写是小说的血肉，而地方文化精神的描写则赋予了小说灵魂，有了灵魂，小说不仅骨骼强壮、血肉丰满，而且气韵生动。

二

接下来我想谈谈小说的叙述者和叙述话语的问题。小说的叙述者不应该完全等同于作家本人，正如德国的沃尔夫冈·凯瑟在他的《谁是小说的叙事人?》中所说的，叙述者"是一个由作者蜕变而成的虚构的人物"。那么，在《针路图》中，叙述者是怎样的人物呢? 我的定位是：一个乡村诗人。

叙述者对于乡村底层民众的行为方式和生活状态是熟悉的，而且，他善于也敢于原生态地讲述乡村哪怕是粗鄙的民间故事、俚语、习俗，甚至在描写人物时夹杂着在别的作家看来也许是不可登大雅之堂的生活片段和生活细节。请看小说中陈仰穆和蔡雁秋新婚之夜的一个片段的描写，蔡雁秋内急又不敢上屋后的粪坑，新郎只好临时端来一个脸盆抱着新娘撒尿：

"叮叮咚咚……"这撒落在铜盆里的大珠小珠哟，竟然发出如此撩人心神的绝响!

正是这一泡尿，给听房的人添了乐趣，也给饶村添上"免骗阿奶不曾尿夜壶"这么一句俗语。正是这一泡尿，让听房的人听得悦耳，又给饶村留下了又一句俗语："好听过阿奶撒尿落铜盆!"然而，就因为这泡憋得太久的尿，让蔡雁秋从此落下了一急就要尿尿，做梦就要尿床的毛病。

小说还有不少诸如此类的片段，粗鄙却充满生活实感，而且大多读起来很生动，富于生活趣味。

另一个方面，在叙述者讲述的爱情故事中，包括陈仰穆和蔡雁秋、陈海国与温雪菲、陈卓雅与苏邦等，都有传统言情小说或戏曲中男才女貌、一见钟情模式的痕迹，其中体现着底层民众的审美趣味。

但同时，我们又可以强烈地感受到小说的诗性品质。小说对于人生深刻的体味和透视，对于感情生活和人性美的捕捉和表现，都可以让我们充分感受到叙述者诗性的眼光。小说有一个片段，写陈仰穆经历了多次挫折，终于实现了"起大厦、砌玻璃"的梦想，但是，走进了他建造的豪宅，他却怅然若失：

面对着这个空间，面对着这份空寂，他倒觉得虚幻起来，倒觉得是走在梦境里！人生的价值，创业的意义，难道是仅仅为了圆怎么一个梦吗？……难道自己的人生价值就靠这空寂的豪宅来体现？不！这念头太荒唐了！此时此刻，他宛如一艘逆流而上的小舟，在费了九牛二虎之力时，在拼尽了最后一股劲时，却猛然发现重新回到出发点一样，感到从未有过的空寂。

当人物从现实中超脱出来，反观和叩问人生的时候，你可以感受到叙述者以忧郁、迷惘的眼光审视着现实。此外，小说中对于爱情、友情的表现，对于人性美的表现，同样呈现出诗性的光芒。小说写到日军侵占饶村，怀着复仇心态的涩谷闯进陈家，但是林绿衣温柔、圣洁的美却让他放弃屠杀：

……他闻到一股异香，一股他久违了的、仿佛来自遥远的日本的、那樱花和母乳相交融的异香，那一刻，有一种召唤良知的声音从很远很远的地方飘来，……他抑制住自己的冲动，面对着这位姑娘的时候，他的心忐忑不安，他发现姑娘脸上的神态恬静得近乎圣者，纯净得超乎尘俗。

这是超越了政治、民族纷争的人性美。这类透发着诗性光芒的浓墨重彩的画面，在小说中还有不少。

和乡村诗人这一有点矛盾的叙述者相对应，小说有两套叙述话语，即夹杂着方言、俚语的粗陋然而充满生活趣味的口语化的叙述话语和典雅的、诗性的叙述话语。当叙述者讲述底层民众的生活状态时，基本上使用口语化的叙述话语，而当小说进入人的心理世界和感情生活的时候，使用的是诗性的叙述话语。两套话语的切换，使整部小说的语言显得生动、绚丽、多彩。当然，叙述者的讲述有时也会同时夹杂两套话语，读起来就有些别扭。比如小说有一个描写陈仰穆和蔡雁秋新婚之夜缠绵的片段：

> ……十指连心，这手，是心的桥，一抓住了，心也就跳到嗓子眼了。这大手抚着小手，时而捏的是手指头，时而抚着的是掌面掌心，……片刻就将两双手掌捏出汗来，捏成四只刚出笼的糯米粿……

"心的桥"当然是诗性的叙述话语，"四只刚出笼的糯米粿"则是口语化的叙述话语了，夹杂在一起虽然生动，却显得不搭调。这恐怕是作者以后创作要注意的。

长篇小说在潮汕是一种不发达的文体，在当代，写得比较好的恐怕要追溯到 20 世纪 60 年代王杏元的《绿竹村风云》。而陈跃子的这部《针路图》，我认为是继《绿竹村风云》之后具有史诗品格的又一部长篇小说。

（2012 年）

散文论
Prose

世纪之交抒情散文艺术范式的转变

抒情散文的真正变革是从 20 世纪 80 年代后期开始的。一方面社会转型使多元化价值探索得以展开，这必然打破创作者思想指归和价值取向单一的局面；另一方面，一直被压抑着的作家自我个性得以解放，创作主体意识的觉醒叩开了精神王国的大门。尤其是唐敏、叶梦、曹明华等一批女性作家的出现，标志着散文创作"向内转"：从对社会现实的抒写转向对人本深处之心态、精神、意识及潜意识的表现。这不仅拓展了感情表现的空间，也引发了抒情散文文体的革命。归结起来，世纪之交的散文有三种抒情范式：主体情思的外化、灵魂的内省和存在的聆听。

主体情思的外化，就是主体在生活中对审美对象作独特的体察、发掘，并将自己的生命情思浸润其中，创作出极富个性色彩的散文作品。这种抒情范式的关键是创作者在面对自然和社会时要有主体生命的创造——这正是五六十年代抒情体散文所缺乏的。余秋雨在谈到他的山水游记时，就强调游记散文要有人气，即面对自然山水要给予人文关怀和生命体验的渗入。他写自然山水、人文历史，其中就融注了作者丰厚而深刻的生命体验和文化感悟。所以，读他的散文，震撼我们心灵的不是自然山水，而是与自然山水熔铸在一起的中国文明的历史、文人的命运，是创作者对文明进程的深刻感悟以及由此生发的沉重感和沧桑感。又如张承志写边疆底层民众的艰难而坚韧的生存状态，从中我们可以感受到强健主体人格的贯注和生命激情的燃烧。这正是他的散文的魅力所在。创作者生命体验的深刻与否、主体人格的强健与否是这类散文成败的关键。前段时间被许多论者非议的小女人散文，弊病就在于对人生的感悟和体验被淹没在琐碎生活之中，这就导致情感的平庸和散文格局的逼仄。

灵魂的内省是指创作主体向自我内心世界的开掘、体验和审视。它意味着抒情散文从对社会生活的感受、体验转向对人本深处之心态、精神、意识的表现。

其中有两种流向：一是创作主体对人的本质、命运和生存价值的沉思和感悟，如史铁生的散文。史铁生 21 岁双腿瘫痪，生理的残缺使其对生命的意义产生了疑问，对于一个理想主义者来说，是不能忍受生存的虚无状态的，必须有东西证明活着的意义。史铁生的大多数散文创作，都是对生存意义的探索、追问和确证。刘烨园、斯妤的部分散文，也表现了对生命存在的反省和感悟，带着超越精神追求的意向。二是表现为前述唐敏等女作家对自我隐秘感情世界的探询、对自身命运及社会角色的关注和思考。她们的创作，偏重于女性生命情感的开掘和审视，甚至深入到潜意识的层面。所以，潜意识、感觉、梦、幻觉是她们常表现的内容。这批作家出现的意义是突破了以往散文只是抒发理性化感情的局限，将感情的抒写扩展至非理性的感受和体验。不过，抒情心理空间过于狭窄，未能从女性个体向广阔人生延展和辐射，这是她们散文创作的局限性。

存在的聆听模式，则建构在主客体的另一种关系上，消解主体强加于客体的价值判断和象征意义，让客观事物回复到原初的自足状态。人作为万物之一，不是凌驾于万物之上，而是用心去体悟、聆听这个自足的世界所蕴藏的诗意和灵性。在刘亮程的《一个人的村庄》中，人和动物、植物甚至是一块石头、一片土地共同分享着上苍的恩赐。万物是平等的，当人用平等的眼光去看待其他事物的存在时，事物的自在状态就自由显现出来了。其他一些作家，如张炜、苇岸等，也都是自然的谦卑的聆听者，力图把事物的世界从有象征意义的语境解放出来，让事物自在呈现。这样，原来我们所熟悉的事物因作者独特的表现而让人觉得鲜活、神秘，充溢着诗性和灵性。

创作主体意识的觉醒不仅带来了创作者价值选择及情感取向的多元化，而且引发了抒情艺术方式的变革。首先从叙述方式来看，倾诉一直被作为抒情散文叙述方式的主导，但近年来，倾诉被独白和聆听的叙述方式取代了。独白的话语方式是从曹明华开始的，在她的散文中，情爱的躁动、存在的困惑、自我的珍爱等，都是以心灵独白的方式表现出来的。此后，独白便成为许多作家尤其是女作家选择的叙述方式。这种叙述方式的流行和创作主体强调张扬个性有关。而独白采用的是内视角，作者的叙述以意识、情绪的自由流动去串联、组织形象片断，读者可以突破物理时空，随创作者意识的流动展开自由联想，这就打破了倾诉式的封闭叙述方式。聆听是刘亮程、张炜、苇岸等这些大地的诗意栖居者常选择的叙述方式。聆听是让对象自我呈现，是主体情感的隐退、收敛。但它不是感情的"零度写作"，它的感情是深藏于字里行间的暗流，具有更持久的感染力。独白和聆听的抒情方式，改变了原来的倾诉式抒情的虚浮、单调和夸饰。

其次，表现手法也体现了多向度的变革，比如现代主义的象征、隐喻、意识流等表现技巧的融合，艺术结构由封闭走向开放，感觉的释放，语体的变异等，抒情散文中表现手法的变革倾向是许多论者已提及的。但我觉得，抒情手法最富有意味的变化是从意境的营造走向意象的组合或画面的组织。传统的抒情散文是以创构意境为最高艺术境界的，但是，意境作为在相对封闭、静止、自给自足的小农经济社会背景下形成的古老表达程式似乎已不能充分表现现代人丰富复杂的感情世界，尤其是当散文向人本心理深处掘进时，情绪的喧哗、意识与潜意识的流动等，是相对封闭、静止、凝固的艺术空间所难以传达的。另一方面，意境总是诗意的、审美的，并不太适合表达现代人诸如冷峻、荒凉或绝望的感情体验，所以，近年许多作家更多借助多重意象的组合去象征、暗示隐秘复杂的内心世界，去捕捉纷至沓来、流动开放的画面、场景，以表现情绪的奔涌和意识、潜意识的流动。

抒情散文作为现代散文主要之一脉，以开放的姿态走进 21 世纪。创作主体意识的觉醒促发了审美观念和艺术表现的革新，作家以更自由的情感和丰富的审美眼光贴近并审视世界和人生。

（2005 年）

论郭启宏的散文创作

　　郭启宏的诸多剧作我是读过了的，从《司马迁》到《南唐遗事》、《李白》、《天之骄子》，古代"士"子的悲剧命运，让人有一种喘不过气的压抑感。但一册《四季风铃》，读了却是另一番的滋味。打一个并不很恰当的比方，就像古代文人手中一把散发着墨香的折扇，清淡、休闲、疏雅。这种风格在"风物杂咏"、"有闲书话"、"文心艺品录"几个小辑中体现得最为充分。"风物杂咏"述说的是作者对于诸如红豆、折扇、戏台、吃食、饮酒这类积淀着深厚的文化内涵的物事的吟咏，这是一种自我把玩，但玩的不是阿猫阿狗，从中自然见出一种文化品位。"有闲书话"、"文心艺品录"则数说访书、藏书、读书、品戏之乐趣，字里行间洋溢着悠然自得的神态，请读读这段文字：

　　本世纪初，孙中山曾对一个日本人说："我一生的嗜好，除了革命之外，只有好读书。我一天不读书，便不能够生活。"无独有偶，半个世纪后，毛泽东对另一位日本友人——田中角荣也说过类似的话："我有读不完的书。每天不读书就活不下去。"真是不可一日无此君！补天的伟人尚且如此，何况碌碌吾辈！一天二十四小时，一小时六十分钟，谁也留它不住。于是冥冥中又响起那亲切的呼唤：且读书去！（《且读书去》）

　　同是文化味道很浓的散文，但是在这里看不到余秋雨、张承志那种对于现实的焦灼的关怀，相反，透过这种轻松的不无幽默的语调，我们可以感受到一种闲适自得的文人雅兴。这说明郭启宏的写作与主流现实保持了一定的距离，或者也可以说他是站在现实的边缘品味生活和人生的。这种写作姿态和写作风格，可以上溯到周作人、林语堂等人的散文，甚至是晚明的小品。对于周作人的美文，我是很喜欢的，但是，在一个血与火的年代，能那样闲适自得，这未免有点残酷。

而在今天这个物欲泛滥的时代，读着郭启宏这类闲适、淡雅的文字，却自有一种悠长的韵味。

接下来我想谈的是郭启宏散文理性和感性兼具相融的特征。我个人认为，迄今为止郭启宏的剧作塑造得最为成功的人物形象是诸如李白、李煜、曹植这类率真任性的文人形象，因此，在我的想象中郭启宏也应该是这样一种人格类型。现在读他的《四季风铃》，果然是见情见性之人。尤其是《悟以往之不谏》、《梦里小阁楼》这类浸透着感情汁液的文字，读了令人慨叹不已。但不能因此就认为郭启宏的散文的魅力就在于他很感性的文字上，真正体现其散文的风采的，应该是他的理性力。这种理性力，主要体现在如下两个方面：

其一，郭启宏总是拉开一段距离，以一种超脱的眼光去看世态人情，他的感情也因这一"间离"而冷却和沉淀。就如他的《悟以往之不谏》，这篇散文以沉重的笔调记叙了一件往事："文革"期间，被划成右派的哥哥要"我"代传递一封上书中央希求摘帽的万言书，"我"害怕受到牵连把信件烧毁了，后来为了弥补自己的过失又忍声吞气央求一位同乡的同学帮哥哥忙，哪知反而受到人家的嘲弄。受尽磨难的哥哥48岁便撒手归去，这更加深了"我"内心的悔恨。在文章的最后，有这样一段耐人寻味的文字：

> 又许多年过去了，恩恩怨怨都如浮尘。我常常想起哥哥，有时竟从梦中哭醒。……我似乎从理不清的头绪中理出了一种"超越"，那不是我和他两兄弟之间的感情纠葛，或许最终存留下来的是几分苦涩。我偶尔也会想起那位同乡同学，但我感觉到的已经不是什么怨恨之类的东西，而是一种由历史揭示出来的令人痛苦的嘲讽。因着这嘲讽，我理解了曾经憎恨过的许多人和事；也因着嘲讽，我的毫端远离了造作的潇洒，而现出举重若轻的涩进。

因为以超脱的眼光去审视，悲伤和悔恨便化为"几分苦涩"，憎恨也成为一种嘲讽。情感不再是宣泄而出，而是在理智的过滤下点点滴滴渗透出来。很感性的文字于是显出了理性的深刻。自然，要做到超脱也非易事，要有深厚的人生阅历，以及在此阅历基础上对人生的了悟，那应该是人到中年生命渐趋成熟之后才会有的一种品格。而郭启宏的笔端显见已流露出阅尽人世沧桑的那一份中年人的成熟。他在《四季风铃》这篇短文中曾描述过风铃在不同季节的不同韵味："冬之激越，夏之懈怠，春之温馨，秋之恬淡"，我觉得，郭启宏的散文，就好比秋天的风铃，"那精神，那韵味，分明透出一份绚丽后的平淡"。

其二，郭启宏的散文，显示出了一个史学家的见识力。作为剧作家的郭启宏，近年佳作迭出，我想这既取决于他作为一个文学家的才情，另一方面也因为他具备了一个史学家的见识力。尤其他对于历史人物的理解和分析，每有新鲜独到的见解。同样，在他的散文中，不论是谈人生或论艺术，也每能见出他理性的穿透力。比如《太白飘然乎》一文，在许多人的眼里，李白是飘逸洒脱的，而在作者看来，"李白的大幸在于他清醒地认识到'达则兼济天下，穷则独善其身'，他的大不幸则在于'达'不能'兼济'，'穷'不能'独善'，于是，他使自己在'入生'与'出世'的矛盾冲突中度过了六十二个春秋"。这应该是对李白这一历史人物的独到而深刻的把握，而设若作者对中国的"士"文化缺乏深刻的理解，就难以有此独到的见解。在郭启宏那些谈书论艺的文章中，我们常常能感受到诸如此类的新鲜独到的见解。

既具有文学家的才情，又具有史学家的见识，这使得郭启宏的散虽然血肉丰满却不会像当今的"小女人散文"那样温软得让人腻味，感性和理性的兼具相融正是他散文的特征。当然，郭启宏的散文也有缺陷：有时太讲求结构，就难免有斧凿之痕迹，有时太讲求语言的典雅，读起来就有点不太自然。是不是郭启宏在写作时还未能从剧作家的角色中转换过来？戏剧和散文毕竟不是两类不同的文体，而散文，我以为最高的境界正是质朴自然。

（1999 年）

土地·船·花：秦牧的散文世界

当我重新面对秦牧这位散文大家的时候，不禁想起一个评论家对冰心的由衷赞叹："我们面对一个海。"的确，我们今天可以从秦牧的作品中挑出这样或那样的毛病，他的散文也确实带有那一个时代所难免的深刻印痕，但是，我们仍然无法否认他的浩瀚和博大。这浩瀚和博大，当然和他在多种文体中都有建树，和他几百万字的丰盛创作量有关，但更主要的，是指他宽广的胸怀和由他的作品所构筑起来的完整而寥廓的艺术世界。本文试图分析的是，构成秦牧深广的艺术世界的基本元件是什么？它们又是如何有机地组合成一个艺术整体的？

一

许多作家已形成自己的艺术风格，我们可以在他们的作品中找到反复出现的、与他们的个体生命紧密相连甚至是映现了他们心理情结的象征性意象，这些意象往往既是构成作家艺术世界的基本元件，又是我们打开这个世界大门的钥匙。比如鲁迅小说中反复出现的"狂人"形象。在秦牧的散文中，也可找到几个反复出现且有密切联系的基本意象：土地、船、花。这些可以说是秦牧的敏感区域；他的大多数散文直接或间接地触及这些意象，更重要的是他的代表作，如《社稷坛抒情》、《土地》、《古战场春晓》、《花城》、《潮汐和船》等都是围绕这些意象去抒写吟咏的。

我们可以先来谈谈"土地"。秦牧对"土地"有着质朴而深厚的感情。本来，在人们的印象中，他的散文的优势在于对事物妙趣横生的叙述和描写，在于对现象幽微入致的剖析和议论，至于抒情，至少与当代散文三大家的其他两位相比较这方面是他的弱项——事实上，秦牧在谈及散文创作时往往也是推崇"思想"、"知识"而相对忽略了"情感"。但是，一旦面对"土地"，他会抑制不住内心的激动，他的笔调会因为饱含感情的汁液而富有诗意。在诸如《社稷坛抒情》、《土地》等篇什中，他不断地抒写人类，当然也包括他自己对于泥土的深厚感情：

> 瞧着这个社稷坛，你会想起泥土，那黄河流域的黄土，四川盆地的红壤，肥沃的黑土，洁白的白垩土……你会想起文学里许许多多关于泥土的故事：有人包起一包泥土藏在身旁到国外去；有人临死遗嘱必须用祖国的泥土撒到自己胸上；有人远适异国归来，俯身去吻了自己国门的土地。这些动人的关于泥土的故事，使人对五色土发生了奇异的感情，仿佛它们是童话里的角色，每粒土壤都可以叙述一段奇特的故事，或者唱一首美好的诗歌一样。①

人类热爱泥土，因为泥土与生命是紧紧联结在一起的，或者说，泥土就是他们生活的依托和母体。而我们在这些文字中所感受到的，正是一个大地之子对母亲的深情歌唱。在作者看来，土地就是孕育人类生命及文化的母体，"没有这泥土所代表的大地……不会有一切人类的文明"。当然，这里还有必要指出的是，秦牧对土地的歌唱，往往带着一种悲怆的基调，因为他在抒写大地时，常常会推延出"在大地胼手胝足的劳动者"，会联想到他们悲壮的历史命运。比如在《社稷坛抒情》中，作者置身于五色坛上，由土壤的漫长形成过程便联想到开辟这些土地的劳动者，"他们一代代穿着破絮似的衣服，吃着极端粗劣的食物"，"他们在田野里仰天叹息，他们一家老小围着幽幽灯光在饮泣"，"他们画红了眉毛，或者在头上包一块黄布揭竿起义"。在《土地》中，作者以歌颂"土地"为中心，骑着思想的野马，奔驰到很远很远的地方，时而中原，时而域外，时而古代传说，时而现实生活，但有一条线贯穿作品的始终，即表现人民热爱土地的深厚感情、保卫土地的悲壮斗争和建设土地的辛勤劳动。总之，在秦牧的散文中，"土地"和"人民"是联结在一起的，也可以说"人民"是"土地"这一意象的象征义，他对于"土地"的抒写，每每落脚于表现和讴歌"人民"。

把"人民"看成同"土地"一样是孕育人类文明的母体，这反映了秦牧民本的思想或人民的观点。秦牧曾经说过："各个国度的优秀作家，不管他们所处地位如何，生长在历史的哪一个阶段，都是在若干程度上具有人民观点的人。"②

---

① 秦牧：《社稷坛抒情》，《秦牧散文选集》，天津：百花文艺出版社1993年版，第27~28页。
② 选自《答谢和自白》。此文系秦牧在"庆祝秦牧文学创作五十周年暨秦牧文学作品研讨会"上的发言。

　　而秦牧正是这样的作家，他的目光总是关注着社会底层这最基本的存在，他总是站在"人民"的立场去把握和反映生活，或者揭示劳动人民悲怆的历史命运，或者讴歌人民群众创造生活推动历史的力量。他在 20 世纪 40 年代出版的《秦牧杂文选》中，揭露和抨击了帝国主义的侵略行径和国民党的黑暗统治，着眼点正在于映现底层民众的悲剧遭遇和命运。而新中国成立后的散文创作，讴歌民众在建设新生活、推动历史发展上的丰功伟绩，则是一个基本的主题，从五六十年代的诸如《青春的火焰》、《赞渔猎能手》、《缺陷者的鲜花》到粉碎"四人帮"后的《长街灯语》等作品都体现了这个主题。尤其值得一提的是他的另一篇代表作《古战场春晓》，这篇散文写于 1961 年春，正是我国处于暂时困难的时期，作者来到反帝古战场三元里，抚今思昔，思绪万千。他从眼前大好河山写起，回忆起当年发生在这里的雷鸣电掣、气壮山河的反侵略战争，讴歌了中国人民"旗进人进，旗退人退，打死无怨"的英雄气概。这历史画面和现实中春满大地、劳动人民辛勤劳动的熙熙攘攘的景象交相映照，暗示着我们的人民又在创造历史的奇迹。结尾点明主题："呵，我们美丽的土地，英雄的人民。"这的确是一篇振奋人心的散文。现在有人把它同当年政治的浮夸风联系起来，甚至把作品同当时"超英"、"赶美"的现实政治挂上钩，① 这就有点荒唐了。在我看来，作品所要礼赞的，是我们的人民在逆境中显现出来的精神力量，在作者看来，这种精神力量在过去可以打败侵略者，在今天同样能战胜现实中暂时的困难——要说同现实政治的联系，应该是体现在这一点上。

　　秦牧曾经提过他虽出身于一个华侨破落商人的家庭，但"母亲是婢女出身"，青少年时代又因父亲的破产"曾经度过相当艰难竭蹶的生活"，"抗战时期，在困顿的旅途中又曾经步行几千里，在公路的茅棚中和乞丐一起，躺在稻草堆中"②。我想，正是这样的家庭和经历培养了秦牧对"土地"、"人民"的感情和观点。而也正是这种感情和观点，使他文学创作能站在坚实的土壤上，观照生活有一种开阔悠远的视野。五六十年代的散文有些的确表现出肤浅的乐观主义，秦牧当然未能完全幸免，但相对来说，他的作品要沉实厚重得多，原因就在于此。

---

　　① 林贤治：《对个性的遗弃——秦牧的教师和保姆角色》，《文艺争鸣》1995 年第 3 期。
　　② 选自《答谢和自白》。此文系秦牧在"庆祝秦牧文学创作五十周年暨秦牧文学作品研讨会"上的发言。

二

秦牧散文中另一个反复出现的意象是"船"。他许多散文的标题就显示了这一点，如《潮汐和船》、《船的崇拜》、《故乡的红头船》等。事实上，"船"和秦牧的家庭和人生是紧密联结在一起的。秦牧曾在《文学生涯回忆录》和《故乡的红头船》中提及他的故乡樟林港有一种"船头漆成红色，并且画上两个圆圆的大眼睛"的红头船，昔年没有轮船或轮船还较少时，粤东人就是坐着这种船从樟林港出海到东南亚的。秦牧的曾祖父就曾坐这种船到暹罗，后来他的父亲也到暹罗、新加坡、中国香港等地谋生。秦牧就是在香港出生的，此后直到抗战回国，他的青少年时期大部分时间是在香港和新加坡度过的。在海外，他也目睹了许多华侨在异国的艰辛生活情景。也就是说，秦牧是在"船文化"的摇篮中成长的，因此，对于底层民众漂洋过海谋生所体现的精神，对于"船"这种事物，就有了深刻的体验和认识。

这就难怪秦牧的散文对"船"特别地敏感和青睐了。当然，在他的散文中，"船"不再仅仅是一种物质性的东西，而已经成为一种精神的载体和象征。在《船的崇拜》中，作者通过讲述人类从建设"船形屋"到死后入殓"船棺"等种种对船的新奇崇拜方式，揭示了人们对于"船"所负载的精神的赞美，那是"人类对于劳动，创造，智慧，进取精神的赞美"。当然，更为充分地展示和礼赞"船"的这种精神的，是《潮汐和船》。这是一篇粗犷雄浑的奇文，作者以充沛的炽热的感情，牵引着天马行空般的想象：由古代的独木舟，联想到近代的原子破冰船；从古昔人类驾独木舟的风险、艰辛，写到驾驶鱼雷艇的豪迈、幸福，字里行间，流溢着对于"船"征服海洋、连接陆地的丰功伟绩，对于人类创造和进取精神，"对于勇敢、智慧、毅力"的礼赞和倾慕。作者说，这篇散文，"只想谈谈我看到船和潮水搏斗的时候，它们扬帆远征的时候，自己的微妙的感受"。我想，当作者儿时坐在骑楼望着新加坡河上那些红头船，看到那些远涉重洋的苦力艰辛的劳动场面的时候，或许已经有了一些朦胧的感受。当然，只有当他后来站在时代的制高点上，去审视社会的发展演变，对"船"的朦胧感受才会被提升为人类的创造、进取精神。

在秦牧其他一些散文中，我们虽没有看到具象的"船"，却能感受到"船"所体现的那种劳动、进取的精神的存在。比如在《在仙人掌丛生的地方》中，作者描述了一个海防小岛的人民战士，如何在恶劣的生存环境，历经十余年的奋斗，把一个荒无人烟的地方改造为一个花木簇拥、生机勃勃的美丽家园的事迹，揭示了人民战士那种不畏艰难、顽强向上的精神；又比如在《奇迹泉》中，作者回忆了解放前夕随部队驻扎在一个偏僻山村听到的一个动人故事：昔年本村的一位青年，目睹山村用水的艰难，发誓出洋之后要攒钱为家乡购置一套自来水设备，之后经历了几十年的磨难终于完成了自己的宏愿。作者从这个故事中感受到一个道理："崇高的心愿和坚强的意志"，"就是生命的奇迹的喷泉"；还有在《石壁树丛之歌》中，作者由长在石壁的一片树林联想到那些在"四人帮"时期惨遭迫害却仍然坚持共产主义信仰的革命者，歌颂了他们身处逆境却仍然不甘沦丧的顽强意志和执着向上的精神……总之，像"土地"的主题一样，讴歌人类劳动、创造、进取的精神，已经成了秦牧散文的一个基本主题。

三

秦牧散文中另一个重要的意象是"花"。他也有不少散文是直接以"花"命名的，如《花城》、《花市徜徉录》、《〈花〉序》等。秦牧热爱土地，热爱在这土地上生长的植物及盛开的鲜花。当然，他的散文热衷于写花，并不仅仅意味着他热爱这让人赏心悦目的自然物，"花"在他的笔下同样是具有某种象征意义的意象。这种象征义在《花城》中就充分地显示出来。这篇散文，作者以绚丽多彩的笔触，从色彩、动静、音响等多方面描绘、渲染了喜气洋溢、灯色花光的南国花城的盛况，使你不知不觉沉醉于温馨、醉人的氛围之中。作者还发挥丰富的联想力，把许多民情风俗特别是各种奇异花卉的由来演变穿织在丰富的画面中，让你领略劳动人民的智慧和能力。最后，作者抒写了花市归来的感慨：

在这个花市里，你也不禁会想到各地劳动人民共同创造历史文明的丰功伟绩。这里有来自福建的水仙，来自山东的牡丹……各地劳动人民的创造汇成了灿烂的文明，在这个熙熙攘攘的市集中不也让人充分感受到这一点么？

我们赞美英勇的斗争和艰苦的劳动，也赞美由此获得的幸福生活。因此，花市归来，像喝酒微醉似的，我拉拉扯扯写下这么一些话。让远地的人们也来分享我们的欢乐。

这就是文章的主题了。作者写花市，目的是歌颂人民经历艰苦的劳动和斗争所创造的灿烂文明和幸福生活，而在这里，"花"也已经成为象征劳动者所创造的灿烂文明和美好生活的意象了。这就无怪乎作者常用鲜花去比喻那些文明的结晶体，比如把古玩架上的瓷器和历代书画比喻成经人民塑造出来的永不凋谢的花朵（《花城》），把北京街头璀璨的灯光比喻成含苞待放或微微绽开的鲜花（《长街灯语》）等。

然后，就像歌颂"土地"、歌颂劳动、进取的精神一样，歌颂人类所创造的灿烂文化和幸福生活也成了秦牧散文的一个基本主题。有些散文，作者是超越了国家、民族的层面，表现了对人类文明积累的赞美，如《潮汐和船》等；有的是把目光投向民族悠久的历史，展示中华民族缔造的绚烂的文明，如《大雁塔抒情》、《雄师结阵的秦兵马俑》等；当然，更多的作品，比如《土地》、《古战场春晓》、《长街灯语》等，作者是站在时代的制高点上，通过今昔对比，讴歌了在党的领导下人民群众所创造的幸福生活或者改革开放之后祖国的新面貌。这里我想提一下写于1979年的《长街灯语》，我个人认为这是粉碎"四人帮"后作者的又一篇《花城》。当然，这一次秦牧描写的不再是广州的"花城"，而是北京的"灯海"。作者以奇妙的联想、生动的比喻渲染着北京夜景的繁华：站在长安大街遥望"两行璀璨的华灯直伸远处，常常使人产生一种有趣的错觉，仿佛有一只巨大无比的蝴蝶从天外飞来，停在地球的某一端，把它两条闪光的触角伸进北京大街似的"。而一旦到了盛大的节日之夜，京城各种各样的灯饰亮起来的时候，"一个童话般的境界就出现啦"。只见"远远近近，形成了一座座灯光的喷泉，一条条灯光的河流，汇合起来，又构成一个灯光的海"。置身这样的画面之中，我们仿佛又走进那座五彩缤纷的"花城"，重新体味到生活的繁华和温馨，领略到劳动者的创造和智慧。这篇作品写于改革开放之初，作者试图去展现时代的新貌。自然，由于立意和手法的相类似，读起来就不如《花城》那样新鲜，那样令人陶醉。但是作者的笔调还是那样浓墨重彩，感情还是那样充沛炽热，的确是耐人寻味。

在秦牧礼赞文明、讴歌生活的这一类散文中，时代的颂歌占的比例最高，而且其中有一些作品，姑且可以这样说的确有渲染过于夸张、色彩过于明媚的毛病。但我认为不能因此就认为秦牧就是一个"放弃了作为一个作家的特殊使命与要求"而"甘于追随时代谬误的作家"[1]，秦牧是在艰难困顿的环境中度过青少年时代，又是在刀火相交的战争年代登上中国文坛，他目睹了几十年中国的沧桑

---

① 林贤治：《对个性的遗弃——秦牧的教师和保姆角色》，《文艺争鸣》1995年第3期。

巨变，自然有理由为祖国和人民的新生而欣喜和歌唱，有理由为新社会制度而歌唱。也就说，他的歌唱是发自内心的，而不是违背内心真实的对于政治的简单附和。至于他对新生活的歌颂出现上面所说的一些毛病，那毋宁说是时代的局限。一个即或是非常伟大的作家，也是逃脱不了时代局限的，用秦牧常引用的一句尼泊尔的谚语来说，就是"多大的烙饼大不过烙它的锅"。

四

上面，我们分别阐释了秦牧作品中几个反复出现的基本意象以及与其相应的主题，还不能说它们就能够涵盖秦牧的所有散文，但大体上可以说已经涵盖了他的主要作品。也就是说，正是土地—船—花这几个重要元件组成一个基本框架，构建了秦牧散文系统而完整的艺术世界：在"土地"系列散文中，秦牧揭示了人民群众是推动历史发展、创造人类文明的基本力量，这是历史发展的规律，是"真"；在"船"系列散文中，作者讴歌了人类劳动、创造、进取的精神，这是"善"；在"花"系列散文中，作者展示了人类创造的灿烂文明和幸福生活，这是"美"。这当中，"土地"意象是构建这个艺术世界的基石——"人民"的观点始终贯穿在后两个系列的散文中，而由"船"到"花"则是在此基础上的逐层递进的关系——没有劳动者的创造、进取精神，也就没有高度的文明和美好生活，这样，就构建了一个独立而完整的真善美的艺术世界。这个艺术世界显示了秦牧的世界观和人生观，显示了他对于人类历史进程的认识和把握。在当代的散文创作中，特别是在五六十年代的文化氛围中，秦牧拥有这样一个广阔深邃的艺术世界应该说是卓然不凡的。这个艺术世界也显示了秦牧对人类未来的信心，直到晚年，他仍然"保持一种比较旷达的心境来对待未来"，仍然相信人类社会"是在逐渐进步的"①。而他正是以毕生的文学创作，参与和推进着自己的民族逐步走向真善美的。

（1996 年）

① 秦牧：《直语危言》，王蒙等：《一滴水文集》，北京：中国友谊出版公司 2005 年版，第 17 页。

秦牧散文的文体特征

在当代，尤其是在十七年的散文创作中，秦牧的散文创作是独树一帜的，而他的创作的独特性，我以为须从文体角度入手去探讨才能得以阐明。首先，我想该给秦牧的散文一个定位，即回答秦牧的散文属于什么类型的文体。西方学者威克纳格曾根据作者主体的心理结构将文体分为三个类型：智力的文体、想象的文体和感情的文体。这种文类三分法自然是针对所有文学的，但就散文而言，这种划分也有一定的意义。而秦牧的散文，应该说在本质上是一种智力的文体；他的散文，不是立足于以感情去感染读者，如刘白羽的感情的文体；也不是立足于以美的形式去表现生活的，如杨朔的想象的文体。他的散文是立足于以智启人，立足于思考和说明生活的，所以他的散文具有较强的知性特征和理性色彩。但是，又必须指出，秦牧散文文体又不是那种纯粹的智力的文体，他很善于吸收其他文体的表现手法，比如感情的抒写、意境的创造等，这就决定了我们探讨秦牧文体的复杂性和难度。

一

文体说到底是一个作家把握表现生活的特有方式，而一个作家把握表现生活的方式与这个作家的经历、性格气质等主观因素是有关系的。纵观秦牧的一生，他其实是一直奔波于文化战线上：抗战期间，当过战地工作队员、教师、编辑；抗战胜利后，在香港过了三年职业学作生涯；解放前夕，他进入东江解放区，担任东江纵队文化教员；新中国成立后，在广东担任过大学讲师、报纸杂志编辑等。也就是说，他一直是以文人、学者的身份参与社会生活的，学者的秉性决定了他观察、表现生活的特点和方式。

秦牧面对生活的姿态，不是完全地卷入生活之中，而是既能入乎其内，又能置身事外，体现了一个智者的冷静和超脱。我们可以来看一个例子。秦牧曾写过一篇《梦里依稀慈母泪》，是纪念他的生母和养母的，他的生母因为贫穷和劳累，在他八九岁时就去世了，文章有一段文字，就是记述他生母去世时的情景的：

> 我们兄弟姐妹围着她的遗体哭泣，她的眼角渗出了泪水，这事情给我们的印象当然非常深刻，当时我完全不能理解这是什么原因，到了长大以后，我才知道人刚刚死亡的时候，并不是全身器官同时死亡的，有的器官还保持着一定的机能，所以一个人刚刚咽气的时候，并非任何器官对外界的影响都毫无反应。①

这段文字与整篇作品纪念的主题及悲凉的基调自然是格格不入的，但现在看来，它恰恰表现了一个智者的冷静和超脱。当然，我们说秦牧冷静，不是说他没有感情，他对生活是饱含感情的，但这感情是受着理性的制约；我们说秦牧超脱，不是说他是以局外人的姿态去面对生活，他是置身于生活的大潮之中，却常常能超越生活。也正是因为具有超越性的眼光，他在观察、表现生活时就有一种开阔悠远的视野：他非常强调作品的时代性，但他不像同时代的许多作家，只是盯着现实的发展、变化。上下几千年，纵横几万里，复杂的人类社会、神奇的自然界，都是他思想驰骋的广阔的时空：他非常强调作品的思想性，但他不像同时代的许多作家，把思想狭隘理解为政治思想。在他的散文中，固然有一部分是歌颂时政的，如《古战场春晓》、《长街灯语》等；但也有一部分，作者是把目光投向民族悠久的历史，展示中华民族缔造的灿烂的文明，如《大雁塔抒情》、《雄师结阵的秦兵马俑》等；更有部分作品，作者超越了国家、民族的层面，表现了对人类文明积累的赞美，如《潮汐和船》等。至于像《菱角的喜剧》、《面包和盐》这类知识小品，作者往往是从某一具体事物写起，然后引申出一种生活哲理。这也就是说，秦牧作品的主题不是单一的政治化主题，而是多元、开放的，这在同时代作家中恐怕是比较特别的。可以与之比较的是杨朔。和秦牧一样，杨朔散文取材也非常广泛，小到一只蜜蜂、一片红叶、一朵浪花都能触发作家的诗情，但是，这些平凡事物本身是没有独立价值的，只有当它能够寄寓或开掘出政治意义时才有抒写的价值。所以，与当时大多数作家一样，杨朔的散文在立意上难免有过分政治化的毛病。而秦牧的散文这一毛病不多，我想这与他学者

---

① 秦牧：《秦牧散文选集》，天津：百花文艺出版社 1993 年版。

冷静、超脱的心态，开阔的视野不无关系吧。

学者秉性对秦牧散文的另一个重要影响是他的散文具有较强的知性特征。秦牧是一个善于也乐于作理性思维的作家，审视生活时偏向于静观和沉思，即使动了感情的事物，往往也要作思考和剖析。所以，他的散文主要不是用以表情，而是用以达意的。秦牧散文的这种知性特征在他那一类杂感和知识小品中自然是体现得最为充分的。像《面包和盐》、《花蜜和蜂刺》、《狗的风格》等，作者总是选择生活中奇警而富于知识性的事物，然后运用先进的思想、辩证的观点去揭示和发掘这些事物中蕴含的生活哲理。这类作品也有叙事、抒情，但人们感兴趣的是其中精微透彻的析理、幽默机智的论说。值得注意的是秦牧抒情味道较浓的另一类作品，诸如《社稷坛抒情》、《花城》、《土地》、《潮汐和船》等，有论者指出，这些作品的出现，是秦牧散文"向抒情与意境倾斜的重要标志"①。的确，从 20 世纪 50 年代中期开始，秦牧即如聂绀弩预言的那样，由写条文而"转向抒情、记事和议论三合一的散文"，② 秦牧开始向感情的文体、想象的文体学习抒情和造境的手法——我们说秦牧的散文不是纯粹的智力的文体，道理也正在这里。但即或是这一类散文，作者仍然是立足于思考和说明生活的。虽然他的散文注意融入抒情和记叙，但从根本上说是说理驾驭着叙事和抒情：他的这些抒情味道较浓的散文，或如《社稷坛抒情》，由某种事物触发，然后展开思想及想象的翅膀，把怀古与思今，回顾历史与探索现实、展望未来结合起来，生动有趣地阐释了"历史发展的规律"；或如《土地》，先有一个明确的论点，然后以诸多知识性材料来论证这一思想。总之，是偏重于对社会历史的探索、偏重于说理的，只不过他的说理是融合着感情，某些地方的描写又非常细腻和传神，所以避免了一般论说文的单调和枯燥。

在现代散文发展史上，有两类影响较大的散文，一类是周作人式的闲话体散文，一类是朱自清式的抒情体散文。秦牧的散文显见是由闲话体散文演变而来的，是偏重于对生活作理性思考的。当然，由于作家的主体定位不同，散文所传达的理性内涵就判然有别。"周作人们"的写作姿态是背对生活，面对自我，所以，他们的作品所表现的，是缺乏普通社会意义的个人"性灵"之类：而秦牧的写作姿态是面向时代、面向大众的，所以，他的作品所表现的是对大众有指导

---

① 余树森、陈旭光：《中国当代散文报告文学发展史》，北京：北京大学出版社 1996 年版。
② 耿庸：《未完成的人生大杂文》，上海：远东出版社 1996 年版。

意义的科学理性。比如，他常能用辩证唯物的哲学观去分析社会生活和事物：在《菱角的喜剧》中，他写菱角一般是两角的，也有三个角、四个角，甚至是无角的，从而阐发了"事物是复杂多样的，我们得和绝对化简单化的认识方法打仗"。在《面包和盐》中，他从一些古老的礼节习俗中，引申出一个生活的道理，"平凡的东西，常常就是最崇高最宝贵的东西"等。当然，这里也有必要指出，周作人们所传达的理性内涵虽然缺乏普遍的社会意义，但因为带着个人化性情和体验，所以读来生动、有趣，相比之下，秦牧所传达的是"规范理性"，有时读来就不那么新鲜和生动，甚至失之平庸。

二

与侧重于对生活作理性思考的把握方式相联系，秦牧散文的叙述方式就不是刘白羽式的直抒胸臆，也不是杨朔式的借景抒情、托物言志，而是如秦牧自己所说的"寓思想教育于谈天说地之中"。谈天说地的话语方式是从"五四"时期周作人等的"闲话"语体演变而来的，承继了"闲话"语体的一些特点：其一是随意性。秦牧的思路从不囿于某事某地某人，他的散文往往具有一个中心意象（如《社稷坛抒情》中的"社稷坛"、《土地》中的"土地"、《潮汐和船》中的"船"等），然后，作者围绕这个中心意象展开想象的翅膀，由此物联想到彼物，由光辉现实联想到悠远的历史，由神奇的自然现象联想到发人深思的生活哲理，文笔纵横驰骋、自由挥洒，读后能令人感受到一种舒卷自如、潇洒从容的气度。其二是亲切性。秦牧的谈天说地的方式当然是多种多样的，有时"像是和老朋友们在林中散步，或者灯下谈心那样"，有时像见多识广的老者，向你讲述睿智深邃的人生哲理，有时则像天真未凿的孩童，向你描述新鲜有趣的世界……但无论哪种方式，都可以让你体味到一种亲切感。

但是，在这里我想着重指出的是，秦牧的"谈天说地"的话语方式与周作人等的闲话语体又有所不同，或者说，秦牧是对"五四"的闲话语体作了一番改造了的。为什么需要改造？因为他们预先设计的读者群（或曰隐含读者）是不同的。周作人们的创作所要面对的是自我或能理解自我的知己，而秦牧散文的隐含读者应该是工农大众，这决定了他们的话语方式有如下几点不同。

其一，周作人所闲话的，一般是草木虫鱼或喝茶、饮酒之类无关痛痒的生活琐事，而且，既然是三两知己之间的闲谈，也就不一定要有一个统一的中心，周作人自己就说过，他写文章是以不切题为宗旨的，所以，周作人的文章结构是自由、散漫的；秦牧是面向大众的，而且他非常强调文章思想教育的功能，所以，他的散文所选择的，是新鲜、奇警的事物，用他的话来说，就是"必须选择'尖端壮志'、突出的、是有较大意义的事物，加以发挥，给人以强烈感、新鲜感"，也正是这样，我们在他的散文中感受到的是一个新奇世界：一颗榕树的气根可以错落成一片树林，莲子可以保持生命数千年，种子发芽能够把大石掀翻……同时，正如我们在上面所谈的，秦牧的文笔有纵横驰骋、自由挥洒的放纵的一面，但与周作人不同，他强调"思想是核，是灵魂"，往往围绕某个主题去组织材料，或曰用思想的红线去串联生活的珍珠，所以，尽管他的思路很开阔，往往是上下几千年、纵横几万里，但有了这根思想的红线，就给人散中见整、形散神聚的感觉。

其二，既然是知己间的闲聊，自然也不太用考虑装饰和修辞。周作人的散文就很少使用修辞格，甚至在感情上也提倡节制态度，这样周作人的散文总体上讲是平淡质朴的；而秦牧是面向大众的，他当然要考虑作品的艺术感染力，所以，他的谈天说地是尽量调动各种各样的艺术手段，包括比喻、拟人、警语、夸张等。但更主要的，他认为文学"时常要求作者不回避表现自己，尤其是诗和散文，要求作家直抒胸臆"①，因而，不论是叙述或者议论，他的笔端常蕴含着丰富的感情。请读一读下面一段文字：

我多么想去抱一抱那些古代的思想家，没有他们的艰苦探索，就没有今天人类的智慧。正像没有勇敢走下树来的猿人，就不会有人类一样。多少万年的劳动经验和生活智慧积累起来，才有了今天的人类文明。每一个人在人类智慧的长河旁边，都不过像一只饮河的鼹鼠。在知识的大森林里面，都不过像一只栖于一枝的鹪鹩。这河是多少亿滴水汇成的啊！这森林是多少亿万株草木构成的啊！②

秦牧散文的魅力就体现在这里了：新奇的比喻、智慧的警句，使他对事理的阐发不至于抽象和直露，而融合着"自我"真情实感的言说又使他避免了一般议论文常有的干枯——当作家敞开自己的胸怀，真挚、热切地向你倾诉着他对生活深切的体会和独特感受的时候，你会被深深地引起感情的共鸣，会不由自主地

① 秦牧：《海阔天空的散文领域》，《花城》，北京：作家出版社1962年版。
② 秦牧：《秦牧散文选集》，天津：百花文艺出版社1993年版。

被带进"一种感情微醺的境界"。于是我想起了周作人的散文，周作人散文的艺术成就自然要比秦牧高出一筹，但我在读他 20 世纪 30 年代之后的散文时，常有一种干枯的感觉，这大约是对生活已失却了热情的缘故吧。

最后，我想谈谈秦牧在现代散文文体流变史上的地位和贡献。一般说来，闲话体散文是节制感情的，抒情体散文是节制议论的，而秦牧的散文在承继了闲话体散文的优势的基础上，又吸收了抒情体散文叙事如画、感情浓郁的妙处，从而创造出将抒情、叙事、议论融为一体的新文体。但是，评论界对秦牧所创造出来的新文体并不足够重视。其实这也并不奇怪，在五六十年代，流行的是杨朔式或刘白羽式的散文，当八九十年代，"五四"随笔体散文又有复兴之势。但是，20 世纪 90 年代初余秋雨的文化散文开始走红的时候，事实上我们可以清楚地看到，余秋雨及其追随者散文那种追问历史、思接古今的思维方式，那种夹叙夹议夹抒的表现方式，走的正是秦牧散文的路子。而且，秦牧这种散文体式在未来还会被更多的作家所借鉴和运用。

（2005 年）

论钟敬文先生早期的散文创作

钟敬文先生是一位研究民俗学、民间文学的著名专家，但在研究民俗学之前，早在20世纪20年代，他就已经是一位在文坛小有名气的散文作家了。对他的散文创作，郁达夫曾经给予高度评价："钟敬文出身于广东汕头的岭南大学，本为文风极盛的梅县人，所以散文清朗绝俗，可以继周作人冰心的后武。"①（注：岭南大学不在汕头而在广州，钟敬文也非梅县人而是海丰人，这是郁达夫的笔误——笔者）1934年，阿英编《现代十六家小品》，从现代散文作家中挑选出影响较大的16位作家，这16人依次为周作人、俞平伯、朱自清、钟敬文、谢冰心、苏绿漪、叶绍钧、茅盾、落花生、王统照、郭沫若、郁达夫、徐志摩、鲁迅、陈西滢和林语堂，这就可以看出钟敬文的散文创作在20世纪二三十年代散文创作中的地位。只是钟敬文后来转而从事学术研究，而且他在民俗学研究上的光芒似乎遮盖了他的散文创作，人们也就渐渐淡忘他早年的散文了。

钟敬文热衷于白话散文创作是从1924年开始的，从那时至1930年，他一共出版了三本散文集，即《荔枝小品》（1927年）、《西湖漫拾》（1929年）和《湖上散记》（1930年）。对于钟敬文早期的这些散文创作，许多论者皆认为与周作人的风格颇相似，包括钟先生自己也是这样认为的：

我的文章，很与周作人先生的相像，几位朋友都是这样说过。去冬聂畸从俄京来信云："你的文章，冲淡平静，是个温雅学人之言，颇与周凯明作风近似。"昨日王任叔在香港来信也说："你的散文是从周作人《自己的园地》里走出来的……不过周作人的散文冲淡而整齐，含意比较深，你的散文，冲淡而轻松，含

---

① 郁达夫：《中国新文学大系·散文二集》导言，《郁达夫文集》（第六卷），广州：花城出版社1983年版。

意比较浅，这怕也是年龄的关系吧。"①

　　阿英在《现代十六家小品》中所作的《钟敬文小品序》也将钟敬文归入周作人散文的流派，并认为钟敬文的散文"事实地帮助了周作人一流派的小品文运动的发展的"。也就是说，在 20 世纪 30 年代，把钟敬文的散文归入周作人散文一派，认为他的散文在风格上与周作人相似，这是学界的共识。钟敬文逝世之后，他早年的散文创作重新引起人们的注意，也有论者将钟敬文与周作人的散文作比较，指出钟敬文的散文的独异之处，但该文仍然认为钟敬文的散文是"周作人体系里面的一个支流"，且认为钟敬文散文的独异是在"'平和冲淡'总体风格的一致性下"所显示的独异。② 但是，在笔者看来，钟敬文的散文创作一开始确是受了周作人的影响，从他的第一个散文集《荔枝小品》的部分作品中就可以看出周作人式闲话体的风貌，但是到了《西湖漫拾》和《湖上散记》，钟敬文已摸索出自己的写作路子，闲话语体已转为抒情语体，风格也不是平和冲淡，而是透发着感伤愁闷的气息。

一

　　钟敬文开始散文创作，是在 20 世纪 20 年代中期。那时他已从陆安师范毕业，在家乡教书。一方面，他阅读新文化、新文学的书刊，另一方面开始执笔学写白话散文。他的第一个散文集《荔枝小品》是 1927 年出版的，收入作者 1924—1926 年写作的小品共 22 篇。如果稍作分类，咏物及忆昔散文各 5 篇，怀人及述怀的散文各 6 篇。其中最接近周作人散文笔致的，当是咏物及忆昔类散文，如《水仙花》、《荔枝》、《花的故事》、《啖槟榔的风俗》、《忆社戏》等。我们试以《花的故事》为例，看一看钟敬文散文中周作人的痕迹：

　　　我近来因为谈谈鸟的故事，竟联想到花的故事，索性也来扯谈一回罢。
　　　花的故事，似乎比起鸟来少得多。这大概因为鸟是活动的东西，而且有便利于附会的种种叫声，所以能够产生出许多有趣的故事，花既没有那些适于诞育故事的资料，自不期然而然地减少了。

---

① 钟敬文：《荔枝小品题记》，《钟敬文荔枝小品·西湖漫拾》，石家庄：河北教育出版社 1994 年版。
② 李春雨：《论钟敬文的诗化散文》，《鲁迅研究月刊》2003 年第 7 期。

这里引用的是作品开篇第一、二自然段，文章的起笔就很有周氏散文的味道。一般说来，对于所要谈论的物事，作家们常常是夸大其词的，而"索性也来扯谈一回"和"花的故事，似乎比起鸟来少得多"就可以看出钟先生对所谈物事所保持的距离和冷静，这正是周氏散文所惯有的笔法。接下去作者即引述古今中外书籍所记载的有关花卉的传说和故事，如《采兰杂志》所载海棠花，《广东新语》所载红豆的传说，还有西方《紫兰芽》所载迦南馨的故事等，之后还引述了中国古代一些诗人咏花的佳句。而在我们期望作者的引经据典会引导出什么深刻的哲理时，文章却意外地结束了：

吾国诗歌中，最喜欢用以象征爱情的花，莫如夜合，并蒂莲之类。但对于它的起源，却不见有如何幻诡妙丽传说的记录。那么，好些别的花之缺少有趣故事的文献更原当然的了。

作者广征博引，娓娓道来。通篇看来均是引用别人的诗文，但引述之中已寄寓作者的见识和趣味，只是文章并没有一个一以贯之的中心思想，没有一个要力图阐明的主旨，因此读来纤徐自在，自由松散。这种闲话风格显见得益于周作人散文的影响，钟敬文该时期的咏物或忆旧的散文，大都是以这种闲话语体写就的，具有轻松自如，畅心叙谈的风格。

但不能说钟先生该时期的散文就没有自己的特点。我们知道，周作人在本质上并非一个诗人而是一个爱智之人，他的散文追求的是趣味而非情感的表达，即或是表达情感，为了追求平和冲淡的艺术境界，往往也是将感情寄寓在叙述之中，绝少直抒胸臆。而钟敬文在本质上是一个诗人而非智者，这个时期又正值敏感、率真的青年期，他的散文的抒情成分就多些，而且感情表达也较直露。钟敬文该时期小品文有些在题材上是与周作人相似的，把两位先生同类题材的作品对比着阅读，就可以看出他们的差异。例如。周先生有一篇《苦雨》，他先是述说连日下雨如何让人十分难过，不但"将门外的南墙冲倒二三丈之谱"，而且夜里不断为单调的雨声吵醒，"睡得很不痛快"。但接着笔锋一转，却引出有两种人和动物"最是喜欢"的话题来。哪两种呢？第一是小孩子们，下雨了可以打水仗。第二种是蛤蟆，平素只叫一两声，下雨天却"听它一口气叫上十二三声，可见它是实在喜欢极了"。文章的气氛于是由"苦"转"喜"。这是周作人式的"苦中作乐"，从中可以看出一个智者对于现实的超脱。而钟先生也有一篇《谈雨》，开篇也是由连日的阴雨谈起，只是这雨引发的是他的伤感："单调的淅沥的声音，煞趣的黯淡的颜色，多么凄闷啊。"尽管对儿时下雨天很有兴味的玩耍的回忆带给"我"一丝喜悦，但很快的，这喜悦便幻灭了。

> 粉红色的儿童时代，已过得迢远了。而今的雨天，于我只有孤闷怅触的给与；欣慰的梦，好像永远离开我千里而遥了！

显见，周先生是超脱感情的，而钟先生却是任感情率真地抒发，智者和诗人的区别就体现出来了。事实上，钟先生该时期那些记人、忆昔及抒怀的小品，或回首往事，或缅怀故人，或直抒胸臆，往往交织、充溢着感伤、惆怅的情愫。这有时从作品的题目就可以感受出来了。如《逝者如姗》、《请达夫喝酒的事是不果了》、《秋宵写怀》等。所以，在钟敬文散文创作的初始阶段，他的作品的艺术风格并不太一致，或者也可以说他的散文尚未形成稳定的艺术风格。笼统地说钟敬文的散文是周作人一派的我以为不大恰当，用平和冲淡去概括钟敬文该时期散文的艺术风格也不妥当。

二

1928 年，在中山大学执教的钟敬文，因为"经手付印的《吴歌乙集》（王翼之编），中间有'猥亵'的语句，触怒了当时那位假道学的校长"[①]，被迫离职了。后来他到了杭州，在一个高级商业学校教国文。西湖山水的熏陶，又激发了钟敬文散文创作的兴致。1929—1930 年，他又接连出版了两本散文集，即《西湖漫拾》及《湖上散记》。

该时期的钟敬文，一方面是大革命的失败给那个时代蒙上了阴影，另一方面他自己也正遭逢被排挤的逆境，因此，正如他自己所说的，他的散文"感伤主义的调子是比较浓重的"[②]。这个时期仍有不少吟咏风物的作品，但已失却了以前这类散文那种轻松自如的闲话笔调而透发着忧郁、感伤的气息。比如他的《莼菜》，作者由西湖的特产莼菜忆及故乡的野菜，描述了儿时不少妇女采摘野菜的

① 钟敬文：《自传》，姜德明：《沧海潮音》，哈尔滨：黑龙江人民出版社 2002 年版。
② 钟敬文：《两部散文集重印题记》，姜德明：《沧海潮音》，哈尔滨：黑龙江人民出版社 2002 年版。

很有兴致的情景。末了，作者却感慨于无缘再尝到野菜的味道了：

> 最近二三年来，故乡日陷于扰攘之中，不要说田野里的麻豆，会给无情的炮火烧炙死，恐连种植它的农夫们，也多半已死亡或流离失所了！我也知道这是大时代中不容易闪躲的现象；并且年来一切如重涛叠浪似的悲感，已把我锐利而脆弱的神经刺激得麻痹破碎了，但我仍然不更有些戚然，当我无意地想起了这今昔悬殊的景况。

实际上，正如我们在前面提及的，在钟敬文的第一部散文集中，"感伤主义的调子"已经存在了，但他仍然能在苦闷的人生背景中闲谈娓语，而到这个时期，他的散文的感伤、忧郁的气色越发浓厚了。他的咏物的小品是如此，缅怀故人的作品如《悼西薇君》、《记一个台湾人》、《陶元庆先生》更是如此。

不过，对于钟敬文这个时期的创作，我认为更应该注意的是他的游记散文。这不仅因为他的这两部散文集大多是游记，更重要的是，钟先生许多优秀的篇章就在这些游记之中。他的《怀林和靖》、《西湖的雪景》、《金陵记游》等，不仅是钟先生散文的代表作，而且也是现代散文中游记类作品中较为出色的篇章。遗憾的是，以前学界往往只关注他的咏物小品，对这类游记小品鲜有提及。

钟敬文游记小品的特点，我想首先是具有传统游记散文的山水情怀。钟先生不止一次谈到他的散文创作所受古典文学尤其是宋明小品文的影响。在《我与散文》中，他就谈到他早期散文"从内容到风格上都表现着受过古典文学（特别是宋、明才子派的散文小品）熏陶的痕迹"①。古典文学对钟敬文散文创作的影响自然是多方面的，但是很直接的影响就是使他的散文"充满着由于旧文学所养成的山林趣味"②。时局的混乱、个人的挫折，使钟敬文暂时逃避到大自然的怀抱之中。他的这些散文，让我们看到一个常常沉醉在幽深、清旷的自然山水之中，浑然忘怀了人与自然、物与我分离的钟敬文。比如他的《怀林和靖》。作者一开始就说 16 岁时便读到林和靖的诗集，并把他作为自己精神挚好的良友。后来到杭州，才得以谒见林和靖墓：

---

① 钟敬文：《我与散文》，《钟敬文文集》（散文随笔卷），合肥：安徽教育出版社 2002 年版。
② 钟敬文：《写作小品文的经历》，《钟敬文文集》（散文随笔卷），合肥：安徽教育出版社 2002 年版。

墓园内外，都种植着高古的梅树，老干秃枝，纵横穿插着。这时，没有别的游客，我一个人在岑寂、清凉的景象中，深深地，深深地感受到一种幽涉古旷的情趣。……一切都无为、寂静，我的心也就暂清空化了。我坐在墓前斑驳的石块上，望望天空凝谧的白云，又看看墓旁丛杂的幽草，没有语言，也无复有思索。这样地继续了一回很长的时间。阳光收敛了，苍莽的暮色，徐徐舒展了过来。我如梦似的回到小划子上。在湖上黄昏的归程中，我默默地念起了一首绝句：

山水未深猿鸟少，

此生犹拟别移居。

直过天竺溪流上，

独木为桥小结庐。

心里有点分不清这究竟是他作的诗，还是我自己所要说的话。我浓重地堕在迷惘里了。

实在地说，只有诗人才能如此敏锐地感受自然的灵性，如此倾心地谛听自然的声音。比如我们在周作人的散文中，就难以看到他对自然的诗意的倾听和感受。

也许是心中充溢着忧愁和感伤的情怀吧，钟敬文这些游记散文喜欢描摹、营造清幽寂寥的意境，以表达自己凄冷、孤独的心境。《重阳节游灵隐》写作者重阳节登灵隐寺，尽情地领略"高渺清虚的蓝空底下，茫漠的湖水，突兀的峰峦，疏落的林木"所呈现的高寒幽寂的禅境。《西湖的雪景》写作者和朋友在漫天飞雪中游览西湖，那"千山鸟飞绝，万径人踪灭"的漠漠平湖，让人感到"宇宙的清寒、壮旷与纯洁"……郁达夫所说的"清朗绝俗"，我以为用以指称钟敬文的这类山水游记是最恰当的。这些作品，的确让人感到清幽、灵性、诗意。现代文学史上将游记散文写得最出色的，首推朱自清，而朱自清的优势主要体现在对自然景致、物性的细腻体察、描摹上，至于对自然的灵性的感悟，对文章意境的营造，我以为钟敬文稍胜一筹。

当然，钟敬文的散文也没有停留在传统的山水意识上。他的一些山水游记也包含着社会内容，包含着对民族的忧患、对弱小者的悲悯以及对自己命运的感伤情怀。《金陵记游》写作者游览故都，颇感失望："近代式的严整、巨大的精神文明，自然说不上；但为历史上有声闻的帝王都城的故地，一种应有的过去文化精华的遗留，又何曾令我明显地见到呢？"对文明无可奈何颓败的感伤溢于言表。《到烟霞洞去》述说作者和妻子到西湖烟霞洞游玩，中间突兀插入从妻子处听来的消息，好友云——一位革命者连同十多位青年被杀。愤慨和哀伤之情使他们难以欣赏自然的兴致。应该说，一方面，钟敬文有旧文学所培养的隐逸的山水情怀，另一方面，他不可能是周作人，能够完全超脱现实。所以，他的这些散文，包含着对民族的忧患、与人民共命运的悲悯情怀也是在所难免的。即或没有直接描写到社会现实，大多数作品所笼罩的忧愁和感伤也足以说明他没有忘怀现实。

钟敬文游记散文的另一个重要特点是有随笔散文"散漫"的特点。这是早期受周作人闲话散文影响所留下的痕迹。"散漫"首先是体现在结构的随意上。读朱自清的游记，我们每每能发现他的作品有一个凝聚点。作者往往是从这个凝聚点出发展开写景和叙事，所以朱自清的散文显得严谨、精致。而钟敬文的散文往往没有凝聚点，而是多点透视。比如他的《重阳节游灵隐》，从题目来看文章的中心点应是灵隐寺，实则不然。文章先从重阳节写起，作者从现在的人们已遗忘了重阳节的原始意义——避灾，引发了"许多古代遗留下来的风俗习尚，难免要给时代的黑潮淘去了"的感慨，这部分的议论约占文章的一半；然后描写由钱塘门出发，登灵隐山门一路所观赏到的景色，约占 1/4 篇幅；由灵隐寺登上韬光庵，俯瞰西湖景观，又 1/4 篇幅。显然，文章有三个透视点，而你难以说出哪个点是中心点。这种多点透视的结构方法有时会使钟敬文的散文显得枝丫太多，太松散，但同时又让人觉出文气的流逸和从容。"散漫"还体现在多种笔法的交叉运用上。这一点林非先生有精到的评价："他的许多篇章都是如此，既娓娓而谈，又描绘自己的见闻和印象。他将历史典故的议论、自己经历的回忆，跟眼前景色的描绘错综地交织在一起，因而读来觉得亲切有味。"① 也就是说，虽然他的这类散文已不是运用前期咏物散文的闲话体而转为抒情体，但他能够将写景、叙事、抒情、议论，将诗词典籍、景致、见闻及感觉融为一体，这使文章显出自然、从容的节奏和灵动、流逸的笔调。朱自清的写景散文很是严谨、细致精密，这是钟敬文所不及的，但朱自清的散文同时也显得过于拘谨、规范，未有钟敬文舒徐自在、从容不迫的气度。

在我的眼里，钟敬文是这样一个散文作家：以一颗伤感之心对自然、人物和人生进行细致的体察和品味，以灵动、从容的笔调去表达心灵的宁静、智慧、诗性，用清幽、悲惋、流逸似乎可以概括他的散文的艺术风格。

（2005 年）

---

① 林非：《现代六十家散文札记》，天津：百花文艺出版社 1980 年版。

后　记

　　本书收集了自 20 世纪 90 年代以来我的部分文学评论。之所以把它们集在一起，是因为我惊讶地发现，我对文学及作家的创作的解读几乎是围绕一个问题而展开的，即作家的精神立场。一个作家如何去观察、审视生活，如何去表现生活，在我看来和他的精神立场密不可分。当然，我所说的精神立场是一个比较宽泛的概念，大概包含如下几个层面的含义：其一，作家创作的立足点在哪里？有些作家把自己当成历史的书记官，他的创作的立足点是反映历史和现实；有些作家以为写作是意识形态的表达，他的创作的立足点是服务政治；有些作家把自己当成哲学家，以为写作是其哲学观点的表达等，而我以为作家的应有的立场是对人的存在的关切。从事文学教学和写作二十多年以来，我一直没有改变我的文学观念，文学是对人类、对族类、对个体人存在的关怀，这是文学创作永恒的主题。其二，作家对现实人生持何种态度？作家的写作，总是对人的存在困境的关切，而他面对困境持何种态度实在至关重要，是虚无主义，还是理想主义，抑或是现实主义；是绝望的反抗，还是充满激情的讴歌，还是悲悯的关怀等，这不仅关系到他的写作选择什么内容，而且关系到他的叙述策略，甚至他的语言风格。如此等等。所以，我对文学现象和作家作品的解读，几乎都是从作家的精神立场出发的。有些解读中肯，有些现在读起来略嫌勉强，而解读方法的单一自然是不可避免的。稍感安慰的是，其中的每一篇，我都是用心去写，且或多或少有自己的见解的。

　　这些论文，大都在《民族文学研究》、《文艺理论与批评》、《学术研究》、《小说评论》、《当代文坛》、《名作欣赏》、《海南师范大学学报》、《韩山师范学院学报》等刊物发表过，只是收入本书时有些论文的题目有所改动。有一些论文发表后还被中国人民大学报刊资料中心的《中国现当代文学研究》全文转载。另外，《何谓诗人》、《诗歌创作的几种姿态》、《什么是小说》、《世纪之交抒情散文艺术范式的转变》几篇均是晚近的作品，它们不是对具体作家作品的解读，而是我对诗歌、小说、散文几种文体的不是很系统的思考。虽然和我的许多评论一样缺乏理论高度，但因为较集中地表达了我的文学观念，且均是有感而发，个人比较喜欢。

近年由于主要精力是在行政工作上，文学的写作断断续续。但是，可以肯定的是我的写作已没有来自外部的压力（比如评职称之类），这让我常常在写作中体会到自由的快乐、发现的快乐。这种快乐和我在讲课时与我的学生分享知识的快乐在本质上是一致的。我珍惜这种自由的快乐。

我对我现在所得到的已经很满足，对生活已没有太多的奢求。许多人都在谈论梦，我没有梦想。今后，我想做的，只是调整我的工作和生活，多一点时间读书、教书。当然，有兴致的时候也写点文字。

2014 年 10 月 7 日